Seis meses para enamorarte

Kat Cantrell

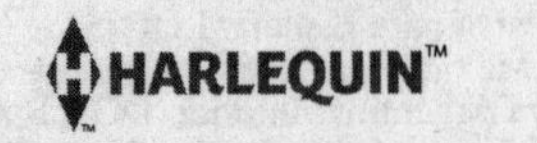

Editado por Harlequin Ibérica.
Una división de HarperCollins Ibérica, S.A.
Núñez de Balboa, 56
28001 Madrid

Seis meses para enamorarte, n.º 2115 - 2.8.18
Título original: Wrong Brother, Right Man
Publicada originalmente por Harlequin Enterprises, Ltd.

I.S.B.N.: 978-84-9188-242-8
Depósito legal: M-19492-2018
Impresión en CPI (Barcelona)
Fecha impresion para Argentina: 29.1.19
Distribuidor exclusivo para España: LOGISTA
Distribuidor para México: Distibuidora Intermex, S.A. de C.V.
Distribuidores para Argentina: Interior, DGP, S.A. Alvarado 2118. Cap. Fed./Buenos Aires y Gran Buenos Aires, VACCARO HNOS.

Capítulo Uno

Un espacio sin alma, así era el despacho del presidente de LeBlanc Jewelers en Chicago. No había cambiado nada desde la última vez que Val había estado allí. Y aunque compartía el apellido del hombre sentado tras el escritorio, Xavier, su hermano, aquel era el último sitio donde querría estar. Y harta desgracia tenía de que fuese a convertirse en su despacho durante los próximos seis meses.

Xavier se echó hacia atrás en su sillón y lo miró.

–¿Listo para ocupar mi puesto?

–No porque yo lo quiera, desde luego –respondió Val, sentándose en una de las sillas frente a él. Su hermano encajaba allí; él no–. Pero sí, cuanto antes acabemos con esta pesadilla, mejor.

Pocas cosas había que detestase tanto como la cadena de joyerías de su familia. Su viejo ocupaba el segundo lugar en la lista por muy poca diferencia, o seguiría ocupándolo si no hubiese muerto dos meses atrás.

Si existiese la justicia divina, un concepto en el que había dejado de creer tras la lectura del testamento, el patriarca de la familia LeBlanc debería estar ardiendo en el infierno. Y no sería suficiente castigo por obligarle a ocupar el puesto de su hermano gemelo.

La firma LeBlanc, que se especializaba en joyas hechas con diamantes, empujaba a los hombres a gastarse miles de dólares en esos pedruscos para alguna mujer de la que acabarían divorciándose.

–Para mí sí que es una pesadilla –lo corrigió Xavier.

–¡Anda ya! ¡Si a ti te ha tocado lo más fácil! –protestó Val, pasándose una mano por el cabello. Estaba empezando a dolerle la cabeza–. Yo tengo que incrementar los beneficios de una compañía cuyo funcionamiento apenas conozco. Además, si hubiera que hacer que el balance anual de LeBlanc superara unos ingresos por valor de mil millones de dólares, tú ya lo habrías hecho.

Las facciones casi idénticas de su hermano no reflejaban la indignación que sentía Val. Claro que Xavier, tan arrogante y frío como su padre, jamás mostraba emoción alguna. No era de extrañar que hubiese sido siempre su favorito.

–No digo que sea sencillo –admitió Xavier, formando un triángulo con los dedos–, pero tampoco es imposible. Yo podría hacerlo, pero en vez de darme la oportunidad de demostrarlo, nuestro padre decidió desterrarme a LBC.

LBC, LeBlanc Charities, era una organización benéfica fundada por su madre. Val había empezado a ayudarla con ella a los catorce años y se había volcado en cuerpo y alma en cada proyecto desde que su madre lo había puesto al frente, pero a ojos de su hermano era una tarea menos importante que la suya.

Val resopló y le dijo:

–¡Ni que fuera un castigo! LBC es una organización increíble, llena de gente dispuesta a darlo todo como un equipo para cambiar el mundo. Serás una persona mejor después de tu paso por allí.

Él, en cambio, que había contado todo ese tiempo con que gracias a su herencia podría inyectar más dinero a LBC para nuevos proyectos solidarios, estaba abocado al fracaso. Y estaba seguro de que su padre, Edward LeBlanc, lo había hecho a propósito para fastidiarle y dejarle bien claro, aun después de muerto, quién era su favorito. De hecho, si no fuera porque Xavier y él eran gemelos, su padre se habría llegado a cuestionar si de verdad corría sangre de los LeBlanc por sus venas.

–Tú al menos tendrás una oportunidad de pasar la prueba que te puso nuestro padre –dijo Xavier con desdén–. Ya entraba en mis planes aumentar los beneficios de la compañía en un plazo de seis meses; lo tienes a punto de caramelo, como una hilera de fichas de dominó perfectamente alineadas. Solo tienes que empujar la primera para que las demás la sigan. Yo, en cambio, tendré que ingeniármelas para recaudar fondos para proyectos benéficos.

Había dicho esas últimas palabras con desdén, sin duda porque no tenía ni idea de lo que era pensar en los demás, dedicar tu tiempo a intentar hacer algo tan honorable como mejorar la vida de otras personas.

–Pues para alguien con tantos contactos como tú debería ser pan comido –replicó él–. Pero es esencial para LBC recaudar diez millones en los próximos seis meses, así que tendrás que esforzarte aunque no te apetezca. Si no lo consigues la organización se vendrá abajo. Da igual si yo consigo ingresar más dinero en las arcas de LeBlanc, pero hay gente sin recursos cuya supervivencia depende de LBC.

Xavier miró furibundo a Val por restar importancia

a sus responsabilidades y golpeteó su bolígrafo contra la mesa.

–Si LBC está pasando por una situación tan desesperada, papá debería haberme permitido extender un cheque para la fundación, pero no, tuvo que especificar en su testamento que tendría que recaudar el dinero a través de donaciones, como si fuera una especie de ejercicio para forjar mi carácter… ¡Es ridículo!

En eso estaban de acuerdo, pero no en mucho más.

Antes de que Val pudiera ponerle las cosas claras a su hermano –la situación de LBC no era «desesperada»–, llamaron a la puerta y la secretaria de Xavier, la señora Bryce, asomó la cabeza.

–Ha llegado la señorita a la que había citado a la una, señor LeBlanc –dijo.

–Gracias –contestó Val.

Xavier lo miró anonadado y sacudió la cabeza.

–¿No podías esperar para empezar a hacer uso de mi despacho? ¿Quieres que te deje mi traje también?

¿Esa camisa de fuerza? Ni de broma…

–No lo necesito, pero si no te importa, ocuparé tu asiento. Voy a hacer una entrevista.

Xavier se levantó y su expresión se tornó cariacontecida al ver entrar a Sabrina. Lástima no haber traído palomitas.

Sabrina Corbin, la bella exnovia de su hermano, dirigió a este una mirada gélida.

–Creo que ya os conocéis, ¿no? –picó a Xavier antes de rodear la mesa para ocupar su asiento vacío.

De pronto sentía curiosidad por saber por qué habían roto. Pero lo importante era que Sabrina sabía cómo funcionaba la mente de su hermano y que nadie podría asesorarlo mejor que ella, que trabajaba como *coach* para ejecutivos.

–Me alegra volver a verte, Sabrina –le dijo Xavier, componiendo su expresión. La tensión que flotaba en el ambiente se aligeró un poco–. Ya me iba –añadió, y salió del despacho.

La tensión debería haberse disipado por completo, pero la mirada de Sabrina seguía siendo gélida cuando se giró hacia él.

Ocupó grácilmente la silla de la que él se había levantado y cruzó las largas piernas que dejaban al descubierto la falda de tubo que le sentaba como un guante.

–¿Cómo debo llamarle? –le preguntó–: ¿Valentino, o señor Leblanc?

Hasta sus zapatos de tacón de aguja acentuaban esa fachada de mujer de hielo, observó, preguntándose cómo podría sacar el fuego que estaba seguro que llevaba dentro.

–Preferiría que nos tuteáramos y que me llamases Val –respondió con una sonrisa.

Al verla enarcar una ceja sin decir nada, la sonrisa de Val se hizo más amplia. Iba a ser un reto interesante, y estaba seguro de que iba a disfrutar superando a su hermano. Si no, no se habría puesto en contacto con ella.

–Gracias por venir, y perdona que haya sido con tan poca antelación. ¿Te sientes capacitada para el trabajo que te ofrezco?

–Mi último cliente alcanzó sus objetivos tres meses antes de la fecha límite que habíamos fijado –contestó ella–. Si estás dispuesto a pagar mis honorarios, yo te ayudaré a conseguir lo que te propongas.

Su respuesta animó considerablemente a Val.

–Bueno, como te dije en el email, se me ha encomendado dirigir LeBlanc Jewelers durante los próximos seis meses. Ni siquiera formo parte de la compañía, pero mi padre estipuló en su testamento que, para recibir mi herencia, tendré que incrementar los beneficios para finales del cuarto trimestre: de novecientos veintiún millones a mil millones de dólares. Por eso necesito tu ayuda.

Para su sorpresa, Sabrina ni parpadeó al oír esas cifras astronómicas.

–O sea que tienes que incrementar los beneficios en un ocho por ciento en los próximos seis meses –concluyó.

–¿Has hecho esa cuenta mentalmente?

Ella lo miró divertida.

–Cualquiera podría hacerlo; no es tan difícil.

No era que él no pudiera, pero en aquel momento lo que ocupaba su mente era algo muy distinto. Estaba imaginándose a Sabrina desnuda y boca arriba encima de aquel escritorio, con el cabello color canela desparramado sobre la superficie de madera, mientras él la poseía. Seguro que estaría preciosa al llegar al orgasmo…

–Contratada –le dijo.

Una mujer inteligente lo excitaba mucho más que una mujer sexy. Pero una mujer que aunara las dos cosas como Sabrina… le iba a costar horrores mantener las manos quietas en los seis próximos meses.

Claro que nadie había dicho que tuviera que hacerlo.

–Ni siquiera hemos hablado de las condiciones –replicó ella con una expresión que decía «eh, no tan rápido…»–. Deberías saber que si no te tomas esto en serio, me será muy difícil trabajar contigo. Necesito que mis clientes se concentren al cien por cien.

Era una indirecta muy directa; básicamente estaba diciéndole «no flirtees conmigo».

–Te aseguro que me concentraré al máximo –le aseguró sin perder la sonrisa. Se le daba muy bien hacer varias tareas al mismo tiempo, y teniéndola a ella como objetivo no le costaría nada concentrarse–. No puedo... no voy a fracasar.

Sin embargo, de pronto se le hizo un nudo en la garganta y lo irritó la sensación de vulnerabilidad que lo invadió. «Demuestra que tienes lo que hay que tener, Val», le había dicho su madre cuando la había increpado por aceptar aquella locura que había dispuesto su padre en su testamento.

¿Por qué tenía que demostrar nada? Era capaz de convertir la paja en oro para dar de comer a gente hambrienta, pero la gestión empresarial lo aburría soberanamente, y su padre jamás había entendido que en ese aspecto había salido a su madre y no a él.

–Por supuesto que no fracasarás; no si depende de mí –le prometió Sabrina, con un brillo hipnotizador en sus ojos pardos–. Yo me crezco cuando otros se dan por vencidos. Para mí es casi una cuestión personal.

¿Era una pulla hacia Xavier? De pronto sentía la necesidad de saberlo.

–¿Porque tienes que saldar cuentas con mi hermano?

Sabrina descruzó las piernas y volvió a cruzarlas.

–Xavier no tiene nada que ver con esto –replicó–. Me tomo mi trabajo muy en serio, no dependo de nadie más que de mí y me va muy bien.

Ah… Así que era una de esas mujeres… doña Independiente, de esas que aseguraban que no necesitaban a un hombre a sus lado.

–O sea que fuiste tú quien cortó con él.

–¿Vas a leer entre líneas cada cosa que diga?

–No lo hago; solo cuando me obligas a hacerlo.

Sabrina se quedó mirándolo fijamente antes de contestar:

–Ya que parece que necesitas que lo aclaremos antes de trabajar juntos, para tu información, sí, fui yo quien rompió con Xavier, si es que puede llamársele así, porque no estuvimos saliendo tanto tiempo y nunca fuimos en serio.

¿Que no habían estado saliendo tanto tiempo? Pero si su hermano se la había presentado… Bueno, quizá eso fuera inexacto: habían coincidido en Harlow House en verano, o quizá hubiera sido en mayo, y él iba acompañado de Miranda, la chica con la que había estado saliendo por esas fechas.

–Entonces… ¿ahora buscas a un hombre de verdad?

Sabrina lo miró con tal indiferencia, que Val deseó que se lo tragara la tierra.

–Si estás intentando ligar conmigo, no vas a conseguir nada –lo informó ella.

–Y si has llegado a dudarlo, debe ser que algo estoy haciendo mal –murmuró él–. Pero está bien: me abstendré de desplegar mi encanto personal… por ahora.

Ella enarcó una ceja.

–¿A eso lo llamas «encanto personal»?

Val no pudo evitar echarse a reír. No había duda de que Sabrina tenía mucho carácter. Empezaba a entender por qué lo suyo con Xavier no había funcionado.

Pero él no era como su hermano, que no pensaba en otra cosa que no fuera el dinero.

–*Touché*. Intentaré mejorar mi estilo.

–Creo que primero deberías mejorar tu forma de vestir ahora que vas a ser presidente de la compañía. Lo de hacer de Romeo mejor déjalo para cuando te hayamos asegurado esa herencia.

Sus palabras hicieron a Val preguntarse si no tendría intenciones ocultas.

–¿Confías en que la comparta contigo?

–Eso no entra en mis planes; que consigas el objetivo que te has propuesto, sí.

–Estupendo. ¿Por dónde empezamos?

Ella lo miró de arriba abajo.

–Para empezar, como he dicho, necesitas un cambio de *look* –anunció sin preámbulos.

Val bajó la vista a su ropa: unos pantalones vaqueros con la camisa por fuera y las mangas remangadas.

–¿Qué tiene de malo lo que llevo puesto?

–Si te vistes como un ejecutivo, tendrás ganado el cincuenta por ciento; si además te comportas como un ejecutivo, tendrás ganado el noventa por ciento –le aconsejó ella.

Eso sonaba a la típica retórica de la facultad de empresariales, y no lo necesitaba. Nunca jamás había fingido ser lo que no era.

–¿Y en qué consiste el otro diez por ciento?

–En que te hagas notar.

–Por eso no hay problema. Siempre lo doy todo en el trabajo –respondió–. Pero también sé divertirme. Cena conmigo esta noche y descubrirás qué se me da mejor.

Capítulo Dos

Sabrina no sabía qué le pasaba, pero había estado a punto de aceptar esa invitación a cenar. Suerte que había sido capaz de contenerse.

–Vamos a trabajar juntos –le dijo a Val–. Puede que para ahorrar tiempo mientras discutimos algún asunto tengamos que comer juntos algún día, porque hay que comer para sobrevivir, pero no será una cita, ni tampoco una salida de placer.

Mientras hablaba, se esforzó por mantener una expresión calmada y neutral. Los hombres como Valentino LeBlanc no se tomaban en serio a una mujer a menos que se mostrase inflexible a los coqueteos. Val había empezado a poner a prueba sus debilidades antes de lo que había esperado, pero le haría comprender con quién estaba tratando.

Val la escrutó en silencio, sin prisa. Sus ojos, de un azul oscuro, albergaban una calidez que contrastaba vivamente con la fría mirada de Xavier. Antes de ese día solo lo había visto una vez, y entonces habría dicho que era el hermano aburrido del que todo el mundo se olvidaba enseguida. Pero se equivocaba. Nada más entrar en el despacho había sentido una desconcertante e incómoda atracción por él.

¿Por qué? ¿Porque ahora era él quien estaba sentado tras el escritorio? No podía negar que siempre se había sentido atraída por los hombres con poder. Xavier, por ejemplo, la había cautivado al principio: era bien parecido, inspiraba respeto en la gente con su imponente presencia y tenía una conversación amena. Sin embargo, al poco tiempo había perdido el interés en él.

Val no era su tipo en absoluto: llevaba el pelo demasiado largo, sus labios eran demasiado carnosos y en sus ojos había una profundidad, una vulnerabilidad, que nunca habría considerado atractiva. La vulnerabilidad era una flaqueza. Sin embargo, su porte parecía apuntar que era algo más que un hombre sensible.

Cuando alzó la barbilla y un mechón negro le cayó sobre la mejilla, se sintió tentada de alargar la mano para apartarlo.

–Y deberías cortarte el pelo –le dijo con firmeza. Bien, por fin volvía a centrarse.

–Comer no es solo una necesidad –apuntó él, claramente decidido a no dejarla cambiar de tema–. Sé mucho acerca de la comida, de cómo puede controlarte, de cómo la falta de comida puede llevarte a hacer cosas que jamás te plantearías en circunstancias normales. Pero en el contexto adecuado puede convertirse en una forma de expresión. En arte. Déjame cocinar para ti.

¡Ni hablar! Seguro que era un prodigio en la cocina, capaz de seducirla con una salsa para espaguetis y que antes de que pudiese reaccionar se encontraría sobre la encimera con las piernas abiertas mientras él la poseía.

Un suspiro escapó de sus labios. No había duda de que había pasado demasiado tiempo desde la última vez que había tenido una cita. Pero, aun así, nunca había sido de esas a las que les gustaba hacerlo en la encimera. Era algo demasiado… apasionado.

–He venido aquí para trabajar –le espetó.

Necesitaba clientes, no un hombre con el que tendría que cortar más pronto que tarde. Al final todos eran infieles, y a ella le gustaba salir y pasarlo bien, pero no acabar sufriendo. El solo ejemplo de su padre, que había hecho un daño tremendo a su madre al engañarla una y otra vez, ya debería haberle servido de advertencia. De hecho, casi no se hablaba con su padre, y seguía tan furiosa con su madre por haberle aguantado todo eso, que apenas tenía relación con ella tampoco. Y luego ella había caído en el mismo error con su ex, John. Un error que no pensaba repetir.

–Además, esto es solo algo temporal –añadió Val, señalando a su alrededor con un ademán–, un bache en el camino para conseguir mi herencia.

–Y no la conseguirás si no cambiamos las cosas para que el viento sople a tu favor –le recordó ella poniéndose de pie–. Quizá deberíamos darnos un paseo por la compañía, aprender los nombres de la gente que trabaja aquí.

Val no se movió.

–No lo necesito; sé dónde están el Departamento de Contabilidad y los servicios. Y, si vamos a trabajar juntos, creo que debería saber más de ti, no sobre LeBlanc Jewelers. Para eso bastará con que me lea después unos cuantos informes.

Bueno, tal vez tuviera razón, pensó Sabrina.

–Está bien. Llevo cinco años ejerciendo de *coach* para ejecutivos, y antes me dediqué a la formación empresarial para una compañía. He trabajado con el presidente de Evermore y con el director financiero de DGM Enterprises. Me gusta tricotar, y mi tío colecciona coches antiguos, así que a veces voy con él a exposiciones los fines de semana.

–Tiene gracia. Es exactamente lo que pone en tu página web en la sección de tu perfil –observó Val con una sonrisa burlona–. Siento curiosidad: ¿pusiste lo de tricotar porque está de moda?

¿Qué estaba sugiriendo, que solo lo había puesto para no parecer una adicta al trabajo? Y si era así, ¿cómo la había calado tan deprisa? Nadie le había hecho nunca esa pregunta.

–Lo puse porque me gusta.

Y aunque hiciera como cinco años que no tricotaba, tenía intención de volver a hacerlo pronto. Cuando recordara dónde había puesto las agujas. Y cuando se acordara de ir a comprar lana.

–Venga ya… A nadie le gusta tricotar; solo a las abuelitas, y porque no están para muchas emociones. No creo que sea tu caso, y me parece que deberías buscarte alguna afición más movida.

No tenía por qué someterse a un interrogatorio de ese estilo, se dijo Sabrina.

–Tengo la sensación de que no estás lo suficientemente centrado como para que empecemos hoy con nuestras sesiones de *coaching*. Ya volveré mañana.

Se dio la vuelta para marcharse, pero Val llegó antes a la puerta y se apoyó en ella para obstruirle el paso.

De pronto Sabrina no podía pensar en otra más que en lo cerca que Val estaba de ella, y en lo fácil que sería alargar el brazo y tocarlo. Un cosquilleo le recorrió la piel cuando la miró de arriba abajo. ¿Qué le estaba pasando?

–¿Ya te vas? –le preguntó Val–. Tenemos seis meses

por delante, y quiero aprovecharlos al máximo. Quédate, por favor.

Sabrina se cruzó de brazos.

–Me quedaré si empiezas a tomarme en serio.

–Pero si te tomo muy en serio…

–Genial –murmuró ella, secándose las palmas sudorosas en la falda con el mayor disimulo posible–. Pues pongámonos serios entonces. Si no quieres hacer un recorrido por el edificio, ¿por dónde querrías que empezáramos?

Los ojos de Val se posaron en sus labios, y se quedó mirándolos con tal intensidad que Sabrina se sintió como si se los hubiese acariciado con la yema del dedo. Se aclaró la garganta.

–¿Qué carencias te parece que tienes? –le preguntó.

Él enarcó las cejas.

–¿Quién dice que tenga alguna?

–Bueno, por alguna razón quieres contratarme. Es evidente que crees que hay algunos aspectos en los que necesitas mejorar. ¿Qué es lo primero que te gustaría que hubiera cambiado en un mes?

Una sonrisa traviesa se dibujó en los labios de Val.

–Pues… diría que te relajaras y aceptaras mi invitación a cenar, pero supongo que te refieres a mi puesto como presidente temporal de LeBlanc, así que diré que me gustaría saber cómo se espera que tome las decisiones. En las organizaciones sin ánimo de lucro lo hacemos en equipo, aunque sea quien tiene el voto decisivo. No sé si funciona igual en una compañía.

–Eso es lo más fácil: eres tú quien toma las decisiones, y punto. El resto de la plantilla no tiene ni voz ni voto. Eso es lo maravilloso del mundo empresarial.

–Pues a mí no me suena maravilloso en absoluto –masculló Val–. Me parece que es un error.

Ella se quedó mirándolo sin palabras, mientras intentaba encontrar la manera de explicarle que en el mundo de los negocios se esperaba que el presidente de una compañía fuese dominante e intransigente con las opiniones de las demás. Aunque quizá en el caso de Val no tuviera porqué ser así, ya que solo iba a ocupar ese puesto de forma temporal. Xavier ya era lo bastante intransigente por los dos juntos, y volvería a tomar las riendas dentro de poco.

–Entonces no sé muy bien qué aconsejarte –respondió cautelosa–, pero conseguiremos el objetivo que te impuso tu padre.

Solo había trabajado con un puñado de presidentes de distintas empresas, y esa era una de las razones por las que había aceptado ayudar a Val. Cuantos más ejecutivos tuviera en su cartera de clientes, mejor.

–¿Cómo? –inquirió él.

–Juntos –le prometió ella, con más confianza de la que sentía en ese momento–. Nunca le he fallado a un cliente. Trazaré un plan para las próximas semanas y lo discutiremos mañana.

–O sea, que básicamente estás diciéndome –dijo Val, clavando en ella esos ojos que parecían abrasarla por dentro– que precisamente no puedes aconsejarme sobre aquello en lo que me siento inseguro, pero aun así tendrás preparado un plan para mañana, no para hoy.

Sabrina no pudo evitar saltar.

–Personalizo mis sesiones de *coaching* para cada cliente, y eso me lleva más de cinco minutos.

–Entonces supongo que al negarme a conocer al resto de la plantilla no he hecho sino ponerte las cosas más difíciles –murmuró él–. Perdona, no era mi intención.

Sabrina parpadeó. ¿Acababa de disculparse con ella por no haber aceptado su sugerencia de hacer una visita por el edificio?

–No debes disculparte. Jamás.

Val sonrió.

–¿Porque eres de esas personas a las que les cuesta no perdonárselo todo a los demás?

–No, porque te comerán vivo.

Sabrina se pellizcó el puente de la nariz. ¿En qué lío se había metido? Para que LeBlanc alcanzara unos beneficios de mil millones de dólares necesitaba a Xavier al timón, no a su hermano, a quien solo era capaz de imaginar tomando vino en una terraza en Venecia con una exuberante actriz italiana.

Inspiró profundamente. Val quería que la ayudara. La necesitaba. Era evidente que no tenía madera de ejecutivo, y que llevaba las de perder.

–No crees que pueda lograrlo, ¿no? –murmuró Val ladeando la cabeza.

Se lo estaba preguntando en serio. Sabrina casi gimió de frustración. Pues sí que le estaba inspirando confianza…

–No, claro que sí. Tengo fe en ti. Y en mí. El problema es… que aún no he podido evaluar como es debido tus puntos fuertes.

Sí, eso era. Si se centraban en sus puntos fuertes en vez de en las cosas en las que necesitaba mejorar, habría menos peligro de que volviera a meter la pata como acababa de hacerlo. Y la ayudaría a entenderlo mejor en lo profesional.

–Eso no es cierto; sabes que sé cocinar –replicó él con una sonrisa.

En fin, si eso era lo que iba a darle para empezar…

–De acuerdo. ¿Cómo usarías esos conocimientos para alcanzar tu propósito en LeBlanc?

–¿No se supone que eres tú quien debe decírmelo?

Sabrina sacudió la cabeza.

–No es así como funciona el *coaching*. ¿Acaso un entrenador de rugby se lleva al *quarterback* fuera del campo y se pone a lanzarle él los pases a los otros jugadores? No, guía a ese jugador empleando sus conocimientos de estrategia, ajustándolos a sus necesidades. Eso es lo que hago yo.

–Suena como si se esperara que sea yo quien haga todo el trabajo –apuntó él, guiñándole un ojo.

¿Por qué tenía que ser tan encantador?

–Ni lo dudes. Tienes una batalla muy larga por delante. Sobre todo teniendo en cuenta que no has tenido la menor exposición al mundo empresarial. La mayoría de los hombres que han llegado a este puesto han tenido años para…

–¿Endurecerse? –sugirió él.

Bueno, sí. El presidente de una compañía solía ser alguien con una gran capacidad de aguante, una persona de recursos y, por encima de todo, con dotes de mando.

–Iba a decir «aclimatarse» –respondió–. Es un mundo muy distinto al que estás acostumbrado.

Val se cruzó de brazos.

–¿A qué crees que estoy acostumbrado?

Que se pusiera a la defensiva de repente la preocupó. Estaba metiendo la pata de nuevo y no sabía a qué agarrarse. No era el típico cliente que quería pasar por encima de todos los que estaban por delante de él, sino que la había contratado para que lo ayudase a superarse a sí mismo. Saltaba a la vista que era un hombre sensible y difícil de predecir.

–Pues creo que estás acostumbrado a un ambiente en el que la gente trabaja en busca de un bien común. LeBlanc, en cambio, es una empresa con fines lucrativos, y eso hace que sea un terreno traicionero. Si quieres conseguir tu objetivo, tendrás que escucharme y hacer exactamente lo que yo te diga.

Val enarcó las cejas.

–Esa es la mejor propuesta que me han hecho en todo el día. Por supuesto; estoy a tus órdenes. Dime qué es lo que quieres que haga.

Sabrina no pudo evitar añadir mentalmente un «te» entre el «que» y el «haga» y se sonrojó. Val no había querido decir eso, ¿verdad?

–Reúne al comité ejecutivo y vamos a tantear el terreno.

Val asintió. Abrió la puerta, le dijo a la secretaria que pidiera a todos los directivos que acudieran a su despacho, y volvió a sentarse tras el escritorio.

Cuando los directivos empezaron a llegar, su expresión se endureció, dándole un aire más acorde al presidente de una compañía. Eso sí que no se lo esperaba Sabrina... Fascinada, se hizo a un lado, quedándose junto a la pared, mientras los directivos se colocaban frente al escritorio.

Val miró a los ocho hombres y mujeres que habían acudido a su llamada, deteniéndose un momento en cada uno, justo como ella le habría aconsejado, y les dijo:

–Gracias a todos por venir a pesar de haberos convocado con tan poca antelación. Tenemos un reto interesante por delante para los próximos meses. No soy Xavier, ni pretendo serlo, pero mantendré esta compañía a flote y espero que todos estéis dispuestos a trabajar codo con codo conmigo. Los que no los estéis, ahí tenéis la puerta.

Antes sus ojos Val se había transformado en alguien a quien había que tomar en serio. Era evidente que había estado jugando con ella; era perfectamente capaz de imponer su autoridad sobre aquellas personas que necesitaba que lo respaldaran.

Su segundo nombre bien podría ser Camaleón, y esa cualidad lo hacía peligroso en más de un sentido. No podía fiarse de él, eso estaba claro, y fuera como fuese tenía que impedir que siguiera pillándola desprevenida una y otra vez.

Capítulo Tres

A la mañana siguiente Val llegó poco antes de las seis a las oficinas de LeBlanc, cuando aún no había llegado nadie más. Lo había hecho a propósito, para tener tiempo para aclimatarse, la necesidad más importante que Sabrina le había hecho ver.

El día anterior, al enfrentarse a los directivos, solo había tenido que imitar a su padre, visualizando mentalmente una de tantas veces que lo había llamado a su presencia para pedirle explicaciones por algún asunto que había llegado a sus oídos.

¿Sería ese el truco para conseguir que una empresa marchara bien?, ¿comportarse como un capullo insensible? Pesaba sobre su conciencia que se hubiese amoldado a lo que todo el mundo esperaba de él, incluida Sabrina. No, no era así como quería hacer las cosas, ni era esa la clase de hombre que era. Pero… ¿y si era eso lo que había pretendido su padre con su testamento, demostrarle de una vez por todas que no encajaba en la familia LeBlanc? Si era así, le demostraría que se equivocaba, y esperaba que su padre tuviera un asiento en primera fila en el infierno para ver los fuegos artificiales.

Durante casi una hora estuvo peleándose con el ordenador portátil hasta que averiguó cómo acceder al sistema y configurarse una cuenta de correo sin hacer ningún estropicio, y resistió el impulso de entrar en su cuenta de LBC.

En ese momento se abrió la puerta y entró como un vendaval su hermano, que se paró en seco al verlo allí.

–No esperaba encontrarte aquí tan temprano.

–¡Sorpresa…! –canturreó Val–. Yo podría decir lo mismo de ti, aunque sin lo de «tan temprano». ¿No tienes una organización benéfica que dirigir?

Xavier frunció el ceño.

–Ayer, con las prisas, me olvidé de un papeleo que tenía que haber dejado solucionado.

Estaba de pie en el umbral de la puerta, rascándose la barbilla sin afeitar, a medio camino entre su viejo mundo y el que le esperaba durante los próximos seis meses. Val no recordaba haberlo visto nunca con un aspecto tan descuidado. No se veían tan a menudo –de hecho se evitaban–, pero se apostaría lo que fuera a que Xavier siempre iba afeitado a la oficina. ¿Qué decía de él que hubiese cambiado sus hábitos al ir a ocupar su puesto?

–Ya me ocuparé yo de ese papeleo –le dijo–. Ahora es mi trabajo.

Xavier volvió a fruncir el ceño.

–Solo temporalmente. Además, el testamento no decía que fuera contra las reglas que me pasara por aquí.

Que se pasara por allí era equivalente a que lo tuviera controlado, de eso Val no tenía duda.

–No, es verdad, y no voy a discutirlo –Val se echó hacia atrás en el asiento y puso freno a la ira que se estaba apoderando de él–. Pero durante los próximos seis meses, para bien o para mal, soy yo quien está al mando aquí, así que si hay algo que te preocupe, ¿por qué no dejas que yo me haga cargo?

–Está bien –Xavier fue hasta la librería que había al fondo del despacho, abrió las puertas acristaladas y sacó una gruesa carpeta. Luego volvió junto a él y la plantó sobre el escritorio–. Aquí dentro tienes copias de los contratos que estamos… que estás negociando con el gobierno de Botswana para adquirir los derechos de prospección de diamantes. Buena suerte.

Val empezó a sentirse abrumado.

–¿Adquieres derechos de prospección en otros países?

–No, ahora lo harás tú –enfatizó Xavier con sarcasmo–. Es tu bautizo de fuego, hermano.

–Espera –le suplicó Val–. ¿No puedes decirme quién de la plantilla podría asesorarme mejor sobre esas negociaciones?

–Pues diría que yo –los ojos de Xavier brillaban divertidos cuando se cruzó de brazos y se quedó mirándolo–. De hecho, siempre soy yo quien se ocupa, porque es algo que requiere mucho tacto y experiencia porque la situación política allí es muy complicada, sobre todo si, como te conviene, quieres mantener a LeBlanc lejos de las regiones en las que las explotaciones de lo que llamamos «diamantes ensangrentados», con los que se financian las los conflictos armados en la zona.

Estupendo… Parecía que no se había equivocado al pensar que todo aquello no era más que una trampa de su padre para abocarlo al fracaso.

–No hay problema –replicó a pesar de todo–. No me molesta tener que hacer algunas averiguaciones si hace falta. ¿Hay más contratos de ese estilo en esa librería?

Por la brusquedad con que asintió Xavier, Val dedujo que, aunque detestaba tener que facilitarle información, le gustaba aún menos la idea de que hundiera LeBlanc.

–¿Algo que yo deba saber sobre LBC antes de irme? –le preguntó su hermano a su vez.

–Solo que no puedes tratar a mi gente como tratas a la tuya –respondió Val. Aunque tampoco estaba preocupado por sus empleados. Hacía unos días les había mandado un informe pidiéndoles que le diesen una oportunidad a Xavier y dándoles instrucciones para que, si su hermano no hacía las cosas como debía, mantuvieran la maquinaria bien engrasada hasta su vuelta. LBC contaba con un grupo de personas fabulosas y comprometidas, volcadas en mejorar la vida de los más necesitados. Sin embargo, no pudo resistirse ante la oportunidad de ponerle las cosas un poco más difíciles a su hermano.

–Recuerda que muchos de los empleados de LBC son voluntarios –le dijo.

–¿Qué se supone que significa eso? –inquirió su hermano frunciendo el ceño–. ¿Estás sugiriendo que podría llegar a espantarlos?

–Ya, tienes razón, sería imposible que pasara algo así, ¿no? –contestó él con sarcasmo, seguro de que debía ser consciente de la impresión que causaba en los demás–. En LBC tenemos que hacer muchos ajustes: unos meses son mejores que otros. Intentamos mantener una afluencia regular de fondos, pero cuando dependes de las donaciones no puedes planificar demasiado. Recuerda que la clave es la flexibilidad.

–Lo tendré en cuenta. Y tú intenta no provocar aquí más lío del que yo pueda deshacer.

–¡Y yo que pensaba no mover un dedo y dejar que mi herencia se fuera por el desagüe…! –contestó Val para fastidiarle, encogiéndose de hombros como si no le importara. Esa era la actitud que llevaba años mostrando ante aquellos miembros de la familia que lo veían solo como a un soñador que no estaba hecho para el mundo de los negocios–. Venga, aunque meta la pata a ti no te afectará en nada. Tú limítate a hacer lo que tienes que hacer y tendrás la mitad de los mil millones de dólares de la herencia.

–Sí, menudo consuelo… –Xavier tomó una pluma que había sobre una esquina del escritorio y se la guardó en el bolsillo–. Fue un regalo de la hija del embajador de Rusia; no querría perderla.

Val resopló. ¡Como si no tuviera nada mejor que hacer que robarle una estúpida pluma!

–Sabrina llegará en cualquier momento, para tu información, así que yo que tú me iría, a menos que quieras quedarte a saludarla.

–¿Crees que me importaría si te acostaras con ella?

–Pues hasta ahora no me lo había planteado –mintió Val–. ¿Te importaría?

–Es un témpano de hielo. Lo tendrías más fácil con el presidente de Botswana que con ella.

–¿Nos apostamos algo? –le espetó Val.

Aunque era verdad que Sabrina se mostraba fría y distante, las chispas que saltaban entre ellos habían hecho que la noche anterior a Val le costara conciliar el sueño.

Y ahora que sabía que su hermano seguía molesto porque ella lo hubiese dejado, estaba aún más decidido a seducirla para poder restregárselo a Xavier por la cara.

Este sacudió la cabeza.

–Bastante hay ya en juego, ¿no te parece? Y si te la tiras, pues mira qué bien.

Su tono indiferente molestó a Val, que respondió algo más acaloradamente de lo que pretendía. Para él las mujeres no eran solo un número más en su lista de conquistas, un maniquí sin rostro, eran personas con sentimientos.

–Y tú quizá deberías plantearte si no te dejaría porque eres un capullo insensible, cosa que yo no soy.

–Esa sensibilidad tuya acabará siendo tu perdición –le dijo Xavier–. Le van los tipos blanditos como tú, que no podrían aumentar en un ocho por ciento los beneficios de una empresa ni en seis años, no digamos ya en seis meses…

–Eso lo veremos –le espetó Val–. A lo mejor lo que necesita esta compañía es a alguien con corazón.

–Y puede que lo que LBC necesita sea a alguien con mano dura –contestó Xavier con una sonrisa burlona.

A Val se le revolvió el estómago. No, sus empleados se las arreglarían sin él; sabían que no debían doblegarse ante el estilo dictatorial de su hermano. Sin embargo, el decirse eso no le hizo sentirse mejor.

–Te iría mejor si dejaras tus trajes caros en casa y asumieras estos seis meses al frente de LBC con una mente abierta.

Su hermano le hizo un gesto con el dedo corazón y abandonó el despacho. «Pues adiós», pensó Val, aliviado de verlo marchar. Se frotó el rostro. Quizá debería ir a por un café antes de que apareciera nadie más.

–¡Ah, veo que por fin estás tomándote en serio tu puesto de presidente!

Val levantó la cabeza y vio a Sabrina entrando por la puerta por la que había salido Xavier hacía solo unos minutos.

–Buenos días –la saludó él con galantería–. Estaba a punto de ir a por un café. ¿Vienes conmigo?

–No podemos irnos –replicó ella, cruzándose de brazos.

–Claro que sí. Ahora soy el presidente de la compañía; puedo hacer lo que quiera, ¿no?

–Entonces haz que te lo traigan –replicó ella enarcando las cejas–. Tenemos un plan de cuatro semanas que discutir.

Val la miró con pereza. Discutir ese plan era lo que menos le apetecía en ese momento.

–¿Solo cuatro semanas?

–Por algún sitio hay que empezar. Cuando terminen esas cuatro semanas haré una valoración de tus progresos y podré hacer los ajustes que hagan falta. No tengo ni idea de cómo te tomarás mis sugerencias o si encontrarás de utilidad las críticas que te haga, así que no me serviría de nada elaborar un plan de seis meses si luego resulta que pasas de todo lo que te diga.

–Hasta el momento no me has dicho mucho –replicó él–. Y si de verdad querías saber cómo respondería a tus sugerencias, deberías haber cenado conmigo anoche.

Ella enarcó una ceja.

–¿Por qué? ¿Esperabas que me pusiera a darte órdenes de tipo sexual en una primera cita?

Val sonrió divertido.

–No, porque había pensado preguntarte qué querías que te preparara. Aunque me gusta más la dirección que han tomado tus pensamientos. Así que... ahora que hemos abierto la caja de Pandora… ¿qué órdenes me darías?

–¡Ah, no!, hoy no vas a llevarme por ese camino, Val –exclamó ella, sacudiendo la cabeza y cruzándose de brazos.

Sin duda no era consciente de que al adoptar aquella pose había hecho que el escote de la blusa se le bajara medio centímetro, dejando al descubierto una hermosa porción de sus senos.

–Fuiste quien empezó, no yo –se defendió él.

–Tenemos una relación puramente profesional –le recordó Sabrina–. Si no eres capaz de tomarte esto en serio, tendrás que buscarte otra *coach*.

Val borró la sonrisa de su cara.

–Me lo tomo muy serio. Perdóname, por favor. Venga, veamos ese plan que has preparado.

Sabrina puso los ojos en blanco.

–Deja de mostrarte tan conciliador todo el tiempo. Los hombres de negocios no tienen compasión. Así que no me pidas perdón, y no me mires con esa cara de cordero degollado.

Val no pudo evitar reírse.

–¿Estaba mirándote con cara de cordero degollado?

–Mira, si no tomas las riendas y haces los cambios que tienes que hacer, tendremos problemas. ¿No me has contratado para eso, para que te diga qué tienes que cambiar?

–Te he contratado porque necesito mi herencia y porque has obtenido buenos resultados con los ejecutivos con los que has trabajado, porque les ayudaste a mejorar su capacidad de liderazgo. En ningún momento te dije que estuviera dispuesto a cambiar nada.

Sabrina parpadeó.

–Entonces ya has decidido que vamos a perder.

No, eso no iba a pasar. Necesitaba ese dinero. Cuando menos para reparar los daños que Xavier podía hacer a LBC durante esos seis meses.

–Siéntate –le dijo irritado, señalando una silla con la cabeza.

Sabrina tuvo la deferencia de no replicar y hacer lo que le pedía.

–Tengo por costumbre trabajar en equipo –le explicó Val–. Siempre. No voy por ahí dándoles órdenes a los demás para que las cosas sean como yo quiero. Si ese plan tuyo incluye cualquier tipo de estrategia para convertirme en un hombre de negocios feroz y sin escrúpulos, puedes tirarlo a la basura. Te necesito a mi lado; necesito que me ayudes a hacer uso de mis puntos fuertes y a disimular lo que te parezca que son mis puntos débiles. ¿Podrás hacerlo?

Sabrina se echó hacia atrás y sacudió la cabeza.

–No lo sé.

–Ayer me prometiste que superaríamos este reto juntos, y me emocionaste con tus palabras. Encuentra la manera de hacerlo –le dijo–. Y eso es lo más tiránico que me voy a poner.

No iba a volverse como su padre, ni como su hermano, pero iba a demostrar a todo el mundo que, aunque Xavier hubiese sido el favorito de su padre, él era más capaz de superar aquella prueba que le había impuesto.

Capítulo Cuatro

Juntos… Aquello no era una estrategia de *coaching;* no tal y como Val lo había expuesto. Básicamente estaba pidiéndole que entrara en el juego con él, que fuera su Cyrano de Bergerac entre bambalinas mientras él se convertía en el protagonista, que se mantuviera pegada a él mientras dilucidaba sobre la marcha cómo guiarlo.

Ella no trabajaba así. Necesitaba analizar cada situación, estudiarla, meditarla. La precaución era su seña, y el tener un plan bien definido ayudaba. Para ella aquello de «juntos» implicaba apoyarle mientras seguía su plan, no que ella fuese parte de un equipo. Y ella siempre trabajaba sola, porque así nunca se llevaba una decepción, ni había nadie que pudiera engañarla, ni que le rompiera el corazón.

Bajó la vista a las páginas impresas en su mano. Había estado trabajando en aquel plan hasta la medianoche, y ahora iba Val y le decía que eso no serviría…

–Dime qué estás pensando –le pidió Val–. Es evidente que estás dándole vueltas a algo.

Ella se quedó mirándolo indecisa. ¿Qué se supone que debía hacer? ¿Admitir que estaba haciéndola sentirse fuera de su elemento?

–Está bien –respondió finalmente–. Estaba pensando que contigo tendré que partir de la casilla de salida en vista de que, como te muestras tan reacio a hacer ningún cambio, las estrategias que había incluido en mi plan no funcionarían.

Val se irguió en su asiento.

–Estupendo. Eso significa que nos vamos entendiendo. Tira eso a la papelera y empecemos de nuevo; decidamos juntos cuál será el primer paso.

Otra vez esa palabra, «juntos». Como un equipo… Y, aunque no era su estilo, de pronto le estaban entrando ganas de probarlo.

Tiró el plan a la papelera, como él le había pedido. Dios… Había tirado a la papelera el plan que había redactado. ¿Qué estaba haciendo? Sin algo sobre lo que apoyarse, ¿no se desmoronaría?

–Eres mucho más valiente de lo que pensaba –le dijo Val en un tono quedo.

Sabrina alzó la vista hacia él, sorprendida, y la mirada de Val la atrapó, transmitiéndole tantas cosas sin palabras que de repente sintió que casi le faltaba el aire.

–¿Qué fue lo que viste en Xavier? –le preguntó él de improviso.

A Sabrina se le subieron los colores a la cara.

–Eso no relevante.

¿Que qué había visto en él? Había visto a un hombre con poder, un hombre con el que sabía a qué debía atenerse: no fiarse de él y no enamorarse de él para no acabar con el corazón roto. Claro que eso jamás se lo confesaría a nadie, y mucho menos a un cliente. ¿Por qué estaba Val tan obsesionado respecto a su relación con su hermano? No era la primera vez que la sacaba a colación, y tenía la sospecha de que tampoco sería la última.

Val se encogió de hombros.

–Para mí sí es relevante, porque no soy capaz de imaginaros juntos. Eres demasiado profunda para él.

Eso era algo nuevo para ella. La mayoría de los hombres la llamaban «fría», o al menos eso era lo que se atrevían a decirle a la cara. No era tan ingenua como para no suponer que a sus espaldas la llamaban cosas peores, pero no le molestaba en absoluto porque se había labrado a propósito una reputación de distante y frígida.

Sin embargo, nadie había dicho nunca de ella que era «profunda», y no pudo evitar sentirse intrigada por esa respuesta.

–¿Profunda? –repitió con la indiferencia justa, por si aquello tomaba una dirección que no le gustaba.

–Tienes muchas capas –le explicó él, formando capas imaginarias con sus manos en el aire, frente a él–. Y es algo fascinante: en un momento dado creo que sé exactamente qué clase de persona eres, y al momento siguiente haces algo tan inesperado que no sé por dónde tomármelo. Cena conmigo; estoy deseando ver qué pasa cuando tengamos una cita.

Su fijación con aquello de la cena hizo reír a Sabrina.

–Por cómo lo has dicho parece como si te atrajeran las mujeres que oscilan de un extremo al otro. Y después de que me hayas descrito de ese modo tan poco halagüeño, pintándome como a una loca de atar, espero que no te choque mi respuesta: no.

Val esbozó una sonrisa.

–El «no» no es lo que me ha chocado.

–¿Entonces qué? –inquirió ella, fingiendo de nuevo desinterés.

–Pues que parece que piensas que tienes una personalidad plana y que el fluctuar entre dos extremos es algo malo. La vida es así, extrema: experimentamos tantos altibajos… ¿Por qué cerrarte a esas contradicciones? Déjalas salir y siente esas emociones.

¿Pero qué clase de conversación estaban teniendo? ¿Que se abriera a sentir cosas como el dolor, la traición y el sufrimiento? No, gracias.

–¿Por qué iba a querer hacer eso?

Los ojos a Val le brillaban entusiasmados.

–Porque ahí es cuando llegas a lo verdaderamente increíble.

Para Sabrina era más que evidente que se habían adentrado en un territorio muy personal, y que un Val desatado sí que sería increíble: increíblemente peligroso, sensual, un Val que la llevaría a explorar esas emociones que había mencionado. Y eso sería una muy mala idea. Durante todo ese tiempo se había esforzado por evitar esa clase de emociones, y estaba claro que cualquier hombre que derrochase tanta energía abandonándose a esa búsqueda hedonista no era de los que le eran fieles a una mujer. Todas esas señales estaban ahí, ante ella, como luces de neón. ¡Si rezumaba erotismo hasta en el modo en que sus labios carnosos pronunciaban cada palabra! Jamás creería que un hombre así pudiera darse por satisfecho con una relación monógama.

Claro que nada de todo eso importaba, porque ella no estaba pidiéndole que tuvieran una relación sentimental. Lo que tenían era una relación profesional; nada más.

Hablando de lo cual… en el rato que llevaba allí había habido muy poco *coaching*. Tenía que centrarse, intervenir y guiar a Val hacia su objetivo, ya que él le había dejado claro que, o no podía, o no quería refrenarse.

–Val... –comenzó a decirle, y al verlo enarcar una ceja levantó un dedo de advertencia–. No, vamos a centrarnos en el trabajo. He tirado a la papelera mi plan porque he comprendido que no serviría de nada, pero sigues siendo mi cliente y te prometí que te ayudaría a conseguir tu herencia, y en eso es en lo que nos vamos a concentrar. No hay nada más que eso entre nosotros: un objetivo común.

–Ahora mismo no –asintió él–, pero no tiene por qué ser siempre así.

Sabrina sacudió la cabeza.

–Tenemos que centrarnos, Val. Ya estoy pisando arenas movedizas sin el plan al que acabo de renunciar. Necesito que estés a mi lado si quieres que yo esté al tuyo.

Una sonrisa indulgente asomó al rostro de Val.

–¿Estás admitiendo que tienes puntos débiles? ¡Y yo que creía que tu problema era que no aceptabas tus altibajos...!

–Yo no he dicho que admita nada de eso –replicó ella remilgadamente–. Lo que he dicho es que para mí esto es territorio desconocido. Si no quieres que te convierta en un presidente de verdad, ¿qué esperas que haga?

–Que me ayudes a ganar –se limitó a responder él–. Tan pronto como te aclares si estamos pisando arenas movedizas o territorio desconocido.

La estaba mareando.

–¿Estás intentando sabotear esto a propósito?

Val se levantó y rodeó el escritorio para colocarse frente a ella, apoyándose en el borde del mismo. Al tenerlo tan cerca le era imposible ignorar el aroma seductor de su colonia. ¡Socorro! ¿Cómo iba a trabajar con él? Tenía reglas respecto a salir con sus clientes, reglas acerca de los hombres como él… ¿Por qué, de repente, con él mirándola con esa expresión traviesa, le costaba tanto recordarlas?

–Lo que estoy haciendo es intentar llegar hasta ti para que podamos trabajar juntos –respondió Val–, pero tienes más minas a tu alrededor que un puesto fronterizo en Irak. Sé que te estoy pidiendo hacer esto de un modo distinto al que estás acostumbrada, y que no hay ninguna fórmula probada que se ajuste a mí, pero tengo confianza en que podremos dar con ella. Juntos –recalcó.

Confianza… Esa era una palabra que no se usaba demasiado en su mundo, pensó Sabrina. Pero si había conseguido ganarse su confianza, estupendo. Era un buen primer paso, aunque por desgracia era solo el primero de los muchos que tendrían que dar para alcanzar su objetivo.

–Pues entonces tienes que confiar en mí cuando te digo que lo primero es cambiar tu imagen –insistió. Tenían que salir de aquel despacho, ir a un sitio donde no estuvieran los dos solos–. Necesitas un vestuario que le diga a la gente que eres tú quien toma las decisiones. Y así no tendrás que convertirte en un ejecutivo feroz y sin escrúpulos porque reconocerán tu poder antes siquiera de que abras la boca.

Él asintió y le tendió la mano.

–De acuerdo, pero tendrás que venir conmigo de compras. Si no, no hay trato.

–¿Qué? Ni hablar, no pienso ir contigo –replicó ella. Necesitaba tomar distancia, pasar el tiempo que pudiera lejos de él.

–Somos un equipo –insistió Val, que seguía con la mano tendida–. Necesito tu opinión. ¿Y si los trajes que me compro dan una imagen equivocada de mí? Anda, vente conmigo. Además, así podremos discutir los siguientes pasos que tendremos que dar.

Ni hablar. Ella no acompañaba a sus clientes a comprar trajes. Eso era algo personal.

–Para eso están los sastres. Les explicas lo que quieres y ellos lo crean. Cuando te gastas cinco mil dólares en un traje a medida te sale mucho mejor que cualquiera que puedas comprar en una tienda.

–Por eso tienes que venir –respondió el sin pestañear, alargando su mano un poco más–. Porque es imposible que yo, que trabajo para una organización benéfica, le dé mi tarjeta de crédito a alguien para comprarme trajes de cinco mil dólares. Tendrás que hacerlo tú por mí.

Ella puso los ojos en blanco.

–¿En serio?

A juzgar por el brillo obstinado en sus ojos, tenía dos opciones: podía seguir negándose y ver quién se cansaba antes, o claudicar, ya que él no parecía dispuesto a hacerlo.

–Está bien –dijo de mala gana–. Pero puedo levantarme yo sola.

Él no apartó la mano.

–No te he ofrecido mi ayuda para levantarte porque crea que no puedes hacerlo tú sola, sino porque va en mi carácter. Cuanto antes lo comprendas, más fácil será esto para los dos.

A Sabrina le había costado mucho que la aceptaran en ese mundo de hombres que era el mundo empresarial, y dejar que la tratasen como si fuese débil por ser mujer la frustraba enormemente. Claro que Val no era un empresario, y no iba a ponerse a explicarle todo eso, así que optó por ahorrarse el sermón y tomó su mano para dejar que la ayudara a levantarse.

Un arrebato de timidez se apoderó de ella, acrecentado por la sonrisa provocadora que se dibujó en los labios de Val cuando tiró de su mano para levantarla. Seguía apoyado en la mesa, solo que ahora ella estaba a escasos centímetros de él, y se encontró luchando contra una repentina tentación de plantarle las manos en los hombros y besarlo.

Pero se contuvo, soltó su mano y se apartó de él. La tensión debería haber desaparecido al instante, pero el cosquilleo que sentía en la piel no se disipó.

–Si vamos a ir de compras, deberíamos irnos ya –le dijo con voz ronca, antes de aclararse la garganta–. Cuanto antes terminemos con eso, antes podremos pasar al siguiente paso.

–Conduciré yo –se ofreció él.

A Sabrina le pareció injusto que su voz sonase tan normal cuando ella estaba hecha un manojo de nervios, y solo porque sus manos se hubiesen tocado unos segundos. Tendría que hacer como que nada le afectaba.

–Como quieras.

En el exclusivo centro comercial al que fueron en el todoterreno de Val, cerca del parque Grant, había una tienda de trajes a medida. Sin duda el sitio perfecto para conseguir la clase de *look* que Sabrina tenía pensado para él.

Cuando entraron, un dependiente se acercó a ellos

y, para su sorpresa, Val la señaló con un ademán y le explicó:

–Ella es mi acompañante; va a asegurarse de que lo que escoja sea apropiado.

–Yo creía que solo venía para pagar –apuntó ella, y casi se le escapó una risita.

Después de oír eso probablemente el dependiente estaría pensando que era una mujer rica y Val un gigoló al que había llevado allí para comprarle ropa apropiada para el mundo en el que ella se movía.

–Y también para darme apoyo moral –le contestó Val, y el dependiente se lo llevó para que el sastre le tomara las medidas.

Aliviada de perder a Val de vista durante un rato, Sabrina se sentó en un sofá junto al ventanal, sacó su móvil y se puso a revisar sus correos.

Aquel respiro no duró más que cinco minutos, cuando Val reapareció. Se había quitado la camisa y solo llevaba una camiseta interior de tirantes que le quedaba como un guante y dejaba entrever sus marcados abdominales. En cada brazo llevaba una manga de chaqueta distinta –dos simples piezas hilvanadas–, una de color carbón y otra de un azul tan oscuro que hacía juego con sus ojos.

–Pensaba que saldrías con el traje completo –observó ella.

–¿Qué color te parece mejor? –le preguntó Val extendiendo los brazos.

Cualquiera de los dos colores le sentaría de maravilla.

–Los dos –respondió ella–. Y otro en un tono gris oscuro. Recuerda que el corte tiene que ser formal.

Val contrajo el rostro.

–No me gusta la ropa formal. Además, ya tengo un traje que me pongo cuando LBC organiza un evento benéfico para recaudar fondos. ¿No puedo usar ese?

–Eh… no, no puedes –replicó ella. ¡Dios del cielo…!–. El presidente de una compañía siempre viste de un modo formal, lo lleva un chófer…

Val enarcó las cejas.

–¿Adónde?

Era evidente que estaba poniendo a prueba su profesionalidad, además de intentar hacerla de rabiar.

–No lo sé. Eso tendrás que averiguarlo tú. En este mundo los negocios lo dominan todo, hasta lo que en apariencia solo son eventos de sociedad.

Xavier solo la había llevado a una cena de empresa y a un par de esos eventos en los que quería dejarse ver. Y en esas ocasiones había estado tan impaciente por marcharse que no había prestado demasiada atención al motivo por el que se celebraban, pero Val no tenía por qué enterarse de eso.

Él volvió a hacer otra mueca y le preguntó:

–Entonces, ¿con tres trajes basta?

–¿Cuántos días tiene la semana? –le espetó ella. Tampoco hacía falta ser un genio para saber que con tres no bastaba. Inspiró profundamente y esbozó una sonrisa forzada–. Necesitarás al menos siete. O quizá más. Pero bueno, es tu bolsillo.

–¿Te das cuenta de que podría alimentar a una familia pobre durante un año con lo que me va a costar esto?

–¿Y tú eres consciente de que podrías alimentar a muchas más familias si consigues tu herencia? –le contestó ella–. Estoy aquí para darte consejos; síguelos.

Val refunfuñó, pero al final acabó encargando siete trajes, que el dependiente les dijo que estarían listos en una semana. Eso les daría tiempo para trabajar en el resto de su estrategia antes de que Val se metiese de lleno en el cargo de presidente de la compañía.

Como casi habían terminado, fue al mostrador mientras Val acababa de vestirse en el probador. El total por todos los trajes acabó alcanzando una cifra astronómica, como Val había dicho, pero le dio su tarjeta de crédito como un buen chico sin protestar más.

Cuando hubieron salido de la tienda, Val no se dirigió inmediatamente hacia donde habían aparcado, sino que se volvió hacia ella y le dijo:

–Necesito tomar algo para quitarme el sabor del capitalismo de la boca.

A Sabrina no le gustaba nada la expresión de su cara.

–Tenemos un montón de cosas que hacer, Val.

Y no solo eso; necesitaba centrarse en el trabajo, donde sentía que lo tenía todo bajo control. Y, más aún, hacerse con la batuta y ser ella quien llevase la voz cantante. Val la descolocaba hasta el punto de que le costaba pensar, y eso tenía que acabarse ya.

–No puedo volver así a LeBlanc –insistió él–, donde el único orden del día es vender piedras sin color que no sirven para nada más que para adornar los dedos o las orejas de la gente. Además, los directivos tienen bajo control el funcionamiento de la compañía en el día a día. Seguro que LeBlanc puede pasar sin mí otros treinta minutos –murmuró, mirando a su alrededor hasta que algo detrás de ella hizo que se le iluminase el rostro–. Perfecto. Vamos.

Capítulo Cinco

Sabrina se giró sobre los talones para ver qué estaba mirando.

–Pero si ahí no hay nada más que el parque… –objetó en un tono que decía claramente «no me hagas perder el tiempo».

–Exacto.

Y, antes de que Sabrina pudiera protestar, la tomó de la mano y tiró de ella en esa dirección, obligándola a cruzar la calle con él. Haberse gastado una fortuna en trajes que solo se pondría esos seis meses sí que le parecía a él una pérdida de tiempo. En cambio, darse una vuelta por el paseo marítimo le apetecía un montón.

Además, Sabrina volvería a convertirse en la gélida reina de las Nieves si regresaban a las oficinas de LeBlanc, y eso sería una lástima. Sabía que la tenía lo bastante descolocada como para hacer que las cosas se pusieran interesantes, y él se merecía algo a cambio de haber sacrificado su mañana a los dioses de la moda. A falta de lo que de verdad quería obtener de Sabrina, se conformaría con hacer con ella durante una hora algo –lo que fuera– que no tuviera nada que ver con el trabajo. Necesitaba a una compañera de equipo, no a una adicta al trabajo incapaz de relajarse. Y no formarían un buen equipo si no lograba que se sintiera cómoda a su lado.

–Val… –comenzó a protestar Sabrina, soltando su mano.

–Si de tu boca salen las palabras «no» o «trabajo», me veré obligado a encontrar algún modo de impedirte hablar –le advirtió–. Así que si quieres tentar a la suerte, allá tú. Si no, concédeme este capricho y déjate llevar.

Sabrina cerró la boca, lo cual casi le pareció un milagro, aunque le decepcionó un poco que no lo desafiara. Sabrina era muy lista, y sin duda se habría imaginado que pretendía silenciarla con un beso, y había preferido no darle motivos. ¡Ahora que se le había ocurrido cómo cruzar esa línea…! No había podido pensar en otra cosa desde ese instante en el despacho, cuando la había ayudado a levantarse y la había tenido a solo unos centímetros de él.

–¿Qué estamos haciendo aquí? –le preguntó ella cuando cruzaron las verjas de entrada al parque.

–Pues sí que has aguantado callada mucho tiempo… –la picó él. Le señaló un puestecito que había a un lado del camino–. Voy a invitarte a un granizado con sirope para darte las gracias por haber venido conmigo de compras.¿Qué sabor te gusta?

–Pues… no sabría decirte. Nunca he tomado granizado con sirope.

Val resopló y sacudió la cabeza con incredulidad.

–Entonces, te pondremos mezcla de dos sabores. Dos tarrinas, por favor –le dijo al dependiente.

Cuando se las dio, Val le tendió un billete de veinte. El dueño del puesto iba a darle el cambio, pero Val sacudió la cabeza y le indicó con un gesto que se lo quedara. Un negocio así no daba muchos beneficios, y si él, que tenía dinero de sobra, podía ayudar a pequeños comerciantes como aquel, lo hacía de buen grado.

–Ven, aquí es donde se echa el sirope –le dijo a Sabrina, señalando unos grifos en el lateral del puesto.

Sabrina curioseó por encima de su hombro mientras colocaba una tarrina primero y luego la otra bajo los grifos y empujaba la palanca de cada uno para que cayera el sirope. Le sorprendió la destreza de Val, que no se manchó ni derramó una gota de sirope.

–¿Cómo es que te das tanta maña? –le preguntó.

–No sé, ¿tal vez porque lo he hecho montones de veces? –respondió él divertido, tendiéndole una de las tarrinas–. Te he puesto mitad de sangre de tigre y mitad de frambuesa azul. Creo que te gustarán los dos, pero probablemente te inclines más por el de frambuesa azul.

Sabrina enarcó una ceja y miró su tarrina, preocupada.

–¿Sangre de tigre?

Val se rio.

–No es sangre de verdad; es un sirope hecho con sandía, fresa y coco –le explicó–. ¿De verdad nunca habías tomado granizado con sirope?

–No. Parece bastante… pegajoso.

Val se contuvo para no poner los ojos en blanco. ¿Qué hacía aquella mujer cuando tenía una cita? Seguramente algo aburrido, como ir a la opera, o peor, como ir a una cata de vinos en algún restaurante carísimo.

–Lo es, así que ten cuidado no te vayas a manchar esa bonita falda blanca. Aquí tienes tu cucharilla, *coach* –dijo tendiéndole una cucharita de plástico–. Pruébalo.

En vez de concentrarse en su granizado –mitad sabor sandía y mitad sabor cereza–, observó a Sabrina tomar una pizquita del lado con sirope de frambuesa azul, y no se molestó en disimular la sonrisa que se dibujó en su rostro al verla dar un respingo.

–Está frío –le explicó ella a modo de excusa.

–Pero está bueno, ¿a que sí? Reconócelo: te gusta.

Ella se encogió de hombros.

–No lo sé, aún no lo tengo claro.

–Toma un trozo más grande.

–Supongo que esa es tu filosofía para todo, ¿no? –respondió Sabrina enarcando las cejas–: Como de niños, cuando nos tirábamos a bomba en la piscina, sin preocuparnos de cuánta agua salpicaría.

–En realidad, no vas muy desencaminada.

–¿Por eso estás postergando el volver a LeBlanc?, ¿para que cuando volvamos causes una impresión mayor?

¿Cómo había adivinado sus verdaderas intenciones con tanta facilidad? No había duda de que era muy perspicaz, pero se estaban divirtiendo, y no había nada de malo en eso.

–¿Quién ha dicho que esté evitando volver a la oficina? –le espetó–. Como te he dicho, esto es solo mi manera de darte las gracias. Y, fíjate, nunca habías probado el granizado con sirope y de repente… *voilà*!, tienes uno en la mano.

–No soy de la clase de chicas que toman granizado, la verdad.

Val la miró con curiosidad y le preguntó:

–¿Qué clase de chica eres entonces?

–Esto no es una cita, Val. Ni estamos tanteándonos para ver si acabaremos acostándonos o no. Si he dejado que me invites al granizado ha sido solo porque seguiste mi consejo con lo de los trajes.

Bueno, suponía que eso respondía a su pregunta de qué hacía cuando tenía una cita: someter a una especie de auditoría a su acompañante para averiguar si serían compatibles en la cama. Y ahora sentía una curiosidad insaciable por saber qué tenía que hacer para pasar esa «auditoría».

Cierto que al principio solo había querido seducirla para meterle el dedo en el ojo a su hermano, pero la verdad era que Sabrina lo había intrigado desde el principio. La tensión sexual que había entre ambos era innegable, pero ella seguía fingiendo que no existía, lo cual lo fascinaba, y suponía un reto al que le era imposible resistirse.

–Puede que no hubieras tomado nunca un granizado con sirope, pero sé que sí que eres de esa clase de chicas –la pinchó.

Ella puso los ojos en blanco.

–¿Por qué todo lo que dices parecen insinuaciones picantes por cómo lo dices?

–¿Esa impresión te da? –respondió él con una chulería provocadora–. No sé, nunca me lo habían dicho. ¿No será que tú tienes una mente un tanto calenturienta? Es evidente que estás pensando en algo relacionado con el sexo. Has sido tú quien ha dicho que no estábamos tanteándonos para averiguar si acabaríamos acostándonos o no. Y la respuesta, por cierto, es que sí.

El sonido de la risa de Sabrina lo sorprendió, y también que hubiera logrado hacerla reír.

–Yo no me acuesto con mis clientes –le informó, con el rostro desprovisto de toda emoción.

–¿Lo ves?, a eso me refiero: eres como un témpano de hielo. Por eso algo que está hecho de hielo, como ese granizado, es lo que te va.

–Está demasiado dulzón.

–Ya te lo he dicho, es porque no te lo estás comiendo como es debido –replicó Val. Dejó su tarrina en un banco, le arrebató a Sabrina la suya y hundió la cucharita en la mitad teñida de rojo para arrancar un buen trozo–. Deja que te enseñe cómo se hace: abre la boca.

Sabrina miro la cuchara con una ceja enarcada.

–No tengo tres años; sé comer yo solita.

–Es verdad, no tienes tres años. Venga, abre la boca –insistió Val.

Cuando Sabrina obedeció, le acercó la cucharita a la boca y deslizó un poco del granizado en su lengua para que se disolviese, antes de depositar el resto sobre ella.

Sabrina le sostuvo la mirada mientras retiraba la cucharilla, y vio algo que le gustó: que sus ojos brillaban de placer e intriga.

–¿Cómo decías que se llamaba este sirope?

–Sangre de tigre –repitió él–. Pero «ningún tigre de verdad sufrió daño alguno durante su elaboración».

Eso hizo reír a Sabrina de nuevo.

–Es lo que dicen en el anuncio del sirope –le explicó Val.

–Está bueno –admitió Sabrina, antes de volver a abrir la boca.

No apartó sus ojos de los de Val mientras él le daba una segunda cucharada, y la relamió con fruición antes de que él la apartara, conjurando en su mente tórridas imágenes de los dos en su cama, con las sábanas revueltas.

–¿Qué sabores tiene tu granizado? –le preguntó en un susurro.

–Eh… –Val se había olvidado por completo de su granizado–. No me acuerdo: cereza y no sé qué más.

Ella lo miró con ingenuidad, y Val se perdió en sus ojos pardos mientras sentía cómo su cuerpo se ponía alerta, y se encontró pensando cómo podría sacar provecho de aquella situación porque se moría por besarla.

–¿Puedo hablarte con franqueza? –le preguntó Sabrina.

Desde luego… Sobre todo si las próximas palabras que cruzaran sus labios fueran para decirle que ella también estaba deseando que la besara.

–Por supuesto.

–Entonces, necesito que me cuentes qué es lo que te asusta tanto de ocupar el puesto de presidente de LeBlanc –le dijo ella–. Si no eres sincero conmigo, no podré ayudarte.

Val parpadeó.

–¿Que qué me asusta? No estoy asustado. ¿De qué hablas?

–Pensaba que solo estabas siendo cabezota y díscolo –dijo Sabrina, quitándole su tarrina de las manos–. Pero que me hayas invitado a un granizado para desviar mi atención me dice que hay algo más profundo de lo que deberíamos hablar.

Val se rio.

–Eres incapaz de aceptar que lo haya hecho solo para darte las gracias, ¿verdad?

–No, es que los dos sabemos que no lo has hecho por eso –replicó ella, encogiéndose de hombros–. Quizá sea una mezcla de varias cosas, como que estás evitando lo que te preocupa con un intento de seducción. De hecho, tengo la sensación de que usas tu encanto de forma habitual para evadirte de la realidad.

–Espera un momento…

Val fue hasta el banco donde había dejado su tarrina de granizado antes de volver junto a ella. Necesitaba sofocar el calor que se notaba de repente en la garganta. Lo irritaba que estuviera acusándolo de ir por ahí seduciendo mujeres para evitar enfrentarse a las cosas que no le gustaban. Cuando seducía a una mujer era porque le reportaba placer.

–No te estoy juzgando, Val –le dijo ella en un tono quedo–. Todos nos parapetamos detrás de algo para evitar aquello que nos desagrada. Pero si quieres que seamos un equipo necesito que me digas cómo puedo ayudarte. ¿Por qué te da tanto miedo ser el presidente de LeBlanc?

Era evidente que Sabrina creía que lo había calado, que lo conocía mejor de lo que él se conocía a sí mismo, pero se equivocaba. No tenía ni idea de hasta qué punto detestaba LeBlanc Jewelers por un montón de razones.

–Yo no soy mi padre, ¿entiendes? –le espetó–. Xavier fue el que heredó sus genes de empresario, y siempre me he sentido afortunado de no haber sido yo. Mi padre era una máquina sin alma de hacer dinero, mi hermano es igual, y yo no estoy dispuesto a convertirme en eso solo para conseguir mi herencia.

–Bueno, eso es perfectamente comprensible –respondió ella, mirándolo confundida–. Pero… ¿por qué piensas que te convertirás en alguien como tu padre por ocupar el puesto de presidente de la compañía los próximos seis meses?

–Porque esa era la idea que tenía mi padre en mente cuando ideó esto –le explicó–. No había ni una pizca de altruismo en mi viejo. Te aseguro que lo que pretendía con este intercambio de papeles era castigarme por haber seguido los pasos de mi madre y no los suyos. Y si al obligarme a hacer esto conseguía de paso que me pareciera más a él, mejor.

Claro que eso significaría que su padre no estaría castigándolo solo a él, sino también a su hermano, y no acababa de imaginar por qué. O tal vez no lo hubiera concebido como un castigo para Xavier. Siempre había creído que su hermano era poco menos que capaz de caminar sobre el agua, y seguramente habría pensado que se las arreglaría perfectamente al frente de LBC. Él era el único que estaba en apuros.

Sabrina, que se había quedado pensativa, le dijo:

–Por eso me pediste que tirara mi plan a la papelera, ¿no? Te preocupa que mis estrategias de *coaching* interfieran con esa necesidad que sientes de hacer lo contrario de lo que tu padre esperaba de ti.

–No, lo que me preocupa es pasarme los próximos seis meses al frente de LeBlanc y fracasar –respondió él con aspereza–. Parto con unas probabilidades nulas de alcanzar el objetivo de los mil millones de dólares. ¿Tan mal te parece que pierda una mísera hora en evadirme de esa realidad?

–Pero Val, te olvidas de algo esencial –replicó ella–: me tienes aquí; no estás solo en esto. Voy a ayudarte. Además, ya he accedido a que probemos una estrategia diferente. ¿Por qué no esperas a ver qué puedo hacer por ti antes de lamentarte por las pocas probabilidades que tienes?

Con aire sombrío, Val arrojó a una papelera su tarrina, aunque no se la había terminado.

–Porque careces de experiencia en lo que te estoy pidiendo. No tengo la menor duda de que sacas lo mejor de un cliente que ya tiene mentalidad de tiburón, porque lo que lo que haces es afinar sus cualidades. Pero en mi caso no es así, y llevamos las de perder.

–Basta –lo increpó ella con tal fiereza que Val dio un respingo–. El único problema que hay aquí es tu actitud fatalista. Por lo menos hoy has hecho lo que te he pedido, y has sido sincero conmigo en cuanto a tus puntos débiles. Y sí, es verdad que nunca he asesorado a alguien como tú, pero eso no significa que no tenga nada que ofrecerte. Dame la oportunidad de demostrarte que soy justo la ayuda que necesitas.

El tono cálido de Sabrina lo calmó un poco.

–Perdona. No es que dude de ti. Lo de los trajes me ha puesto de los nervios.

Sabrina sonrió.

–Lo siento, pero era necesario. También te haría falta un buen corte de pelo, pero lo dejaremos estar. Tu mejor estrategia es que te acepten como eres. Vamos a elevar tus cualidades a la enésima potencia. Además, hay una cosa muy importante que estás pasando por alto: Xavier lleva casi cinco años ocupando el puesto de presidente de LeBlanc, pero no ha conseguido que la empresa alcance ese objetivo de los mil millones de dólares. Y te aseguro que no es porque no lo tuviera en mente. ¿Por qué crees que no lo ha conseguido?

–No sé, ¿porque no era el momento adecuado? –aventuró, encogiéndose de hombros–. Me ha dicho que lo tiene a punto de caramelo.

–¿Qué iba a decirte si no? Lo que quiere, si triunfas, es poder presumir ante el consejo directivo cuando vuelva a LeBlanc de que él ha tenido tanto que ver, o más, en ese incremento de los beneficios. Si no, podría quedarse sin trabajo. La cuestión es que a lo mejor tú eres lo que LeBlanc necesita para darse impulso. Puede que, en vez de haber tramado un plan maquiavélico contra ti, lo que tu padre esperaba era que dieses con la tecla adecuada.

Era imposible que eso fuese cierto, pero su razonamiento animó a Val, y tenía la impresión de que ella era esa tecla. De hecho, en vez de ser él quien la ayudase a relajarse para que pudieran trabajar juntos, era ella quien lo había hecho.

Y eso no hacía sino complicar la dinámica entre ellos, porque, si lo que quería era que le ayudase a asegurarse su herencia, no sería buena idea cruzar los límites de una mera relación laboral. Sabrina no era la clase de mujer a la que podía seducir para luego dejarla cuando se apagase la pasión.

No, tenían que llevar a cabo ese trabajo de equipo con precisión, hasta que hubiese pasado la prueba. El sexo podría complicar las cosas.

–¿Podemos irnos ya? –le preguntó Sabrina, relamiendo la última cucharada de su granizado.

Era una imagen tan provocativa que Val sintió una punzada de deseo. Solo había una manera de averiguar qué clase de complicaciones podrían surgir si intentaba seducirla…

–Aún no –le dijo.

Y aprovechó que Sabrina tenía las manos ocupadas con la tarrina y la cucharilla para saciar su curiosidad.

La tomó por la barbilla y su boca descendió sobre la de ella antes de que Sabrina pudiera protestar.

En el instante en que sus labios se tocaron, saltaron chispas. Para su sorpresa, Sabrina abrió la boca, y cuando su lengua se encontró con la de ella profirió un gemido de placer que lo excitó tremendamente.

También fue ella quien puso fin al beso, despegando sus labios de los de él y dando un paso atrás.

–¿Por qué has hecho eso? –musitó, mirándolo con los ojos muy abiertos–. Ya te he dicho que no me acuesto con mis clientes.

–Solo te he besado –respondió él sin aliento–. Aunque me halaga que un simple beso haya hecho que tu cerebro saltara directamente al sexo.

–No ha sido un simple beso –replicó ella. Su tono volvía a sonar gélido–. No deberías haber hecho eso. ¡Por amor de Dios, si estuve saliendo con tu hermano!

Eso a él no le importaba.

–No puedes negar la química que hay entre nosotros –le espetó–. Estoy seguro de que lo has sentido ahora, cuando te he besado, igual que lo he sentido yo.

–Eso es irrelevante. Vamos a trabajar juntos, y tenemos que comportarnos como profesionales.

Aun así, no había negado lo que él había dicho, y Val no pudo evitar sentir cierta satisfacción. No sabía cómo Sabrina había sido capaz de poner fin a aquel increíble beso, cuando él, en lo único que podía pensar era en tenerla de nuevo entre sus brazos.

–¿Podemos irnos ya? –repitió ella con impaciencia.

Val reprimió una sonrisa.

–Ahora sí.

Capítulo Seis

Para Val la primera semana al frente de LeBlanc fue infernal por las interminables reuniones del consejo directivo y sus «tutorías» maratonianas con el director contable. Estaba enseñándole a desgranar los informes financieros de la compañía y apenas podía disimular su impaciencia antes los cientos de preguntas que le hacía.

No era culpa suya. No era que no hubiese leído nunca un informe de ese tipo. En LBC también tenían que elaborarlos, pero la contabilidad de una compañía era muy distinta a la de una organización no lucrativa.

No podía creerse que ya hubiera pasado una semana desde el día en que Sabrina lo había arrastrado a la tienda de trajes a medida y él le había confesado sus cuitas mientras se tomaban un granizado con sirope. Amodorrado, miró la fecha en la pantalla de su ordenador y concluyó que aun cuando uno no se estaba divirtiendo, el tiempo pasaba volando.

La única alegría del día era cuando, a las siete de la mañana, Sabrina se pasaba por allí para revisar con él la estrategia y saber cómo le iba. Se comportaba como si el beso entre ellos no hubiese pasado, y él lo había dejado estar porque necesitaba mantener las distancias con ella para poder concentrarse en el trabajo.

Ver a Sabrina a primera hora de la mañana lo animaba y se sentía con más fuerzas para lidiar con su apretada agenda. Sin embargo, ya habían pasado varias horas de su visita y necesitaba otro chute de Sabrina. Por suerte tenía una buena excusa para llamarla, así que tomó su móvil y marcó.

–Sabrina Corbin. Dígame.

Val sonrió y empujó la silla hacia atrás para poner los pies sobre la esquina del escritorio de su hermano, un placer inconfesable que se permitía tan a menudo como podía.

–No hacía falta que dijeras tu nombre al contestar –la picó–. Ya sé que eres tú; te he llamado. Si querías descolocarme deberías haberme soltado una de esas frases de broma, como…

–¿Como «Funeraria Rebollo, el muerto al hoyo y el vivo al bollo. ¿En qué puedo ayudarle?» o algo así? –sugirió Sabrina, en un tono irritado, como si estuviera poniendo los ojos en blanco.

Val se rio. Era la primera vez que algo le hacía reír ese día. Sabrina era increíble.

–Además, tendrás mi número en tus contactos, ¿no? Cuando te llamo me imagino que te saldrá mi nombre en la pantalla.

–Val, ¿me has llamado para darme lecciones sobre el protocolo que se debe seguir al hablar por teléfono?

No, la había llamado expresamente para oír su voz. De algún modo conseguía amansar a la salvaje bestia del capitalismo que campaba a sus anchas en aquel edificio.

–Depende. Si te invitara a cenar, ¿volverías a decirme que no?

–Ni lo dudes.

Bueno, entonces no la invitaría y entraría al trapo con algo a lo que sabía que no podría negarse.

–Entonces no lo haré y diré que solo te llamaba para decirte que cuando contestes el teléfono basta con que digas «hola». No hace falta que seas tan formal conmigo. Las formalidades déjalas para esta noche.

–¿Qué pasa esta noche?

–Hay un evento al que tengo que ir y necesito una acompañante.

–No pienso ir contigo.

–Pero si ni siquiera me has dejado acabar de decir la frase…

–Ni falta que hacía –replicó ella divertida–. Ya te he dicho que no tengo citas con mis clientes.

–Pero si no es una cita… Es un evento al que se invita a los diseñadores de joyas de la zona, y según mis fuentes también estarán allí los diseñadores internacionales más prometedores del momento. Y eso es justo lo que necesita LeBlanc.

–Estupendo. Pues que lo pases bien.

Sabrina había dicho eso como si estuviera a punto de colgar.

–No puedo hacer esto sin ti –le suplicó.

–No solo es que puedas, es que lo harás –le respondió ella en un tono gélido.

Habían superado la primera semana con éxito, y Sabrina, fiel a su palabra, había trabajado en equipo con él, pero en cuanto trataba de pillarla desprevenida, se revolvía. Interesante…

–Los diseñadores que acuden al evento buscan patrocinadores. Es una buena oportunidad para la compañía, y te necesito a mi lado para asegurarme de no meter la pata.

No tenía intención de meter la pata, pero tampoco

de asistir al evento sin acompañante. Quedaría fatal. Y además no le apetecía pasar solo toda la velada.

–Por favor… –insistió–. No puedo ir con cualquier mujer; necesito centrarme en los negocios, y me será mucho más fácil si me acompañas tú.

Le pareció que Sabrina titubeaba al otro lado de la línea.

–Si te acompaño, iré en mi coche.

–¡Venga ya! –protestó él–. El presidente de una compañía siempre llega a esa clase de eventos en una limusina, y con su acompañante. Hazlo por mí; concédeme ese capricho.

Sabrina suspiró.

–¿Por qué eres tan insistente?

–Porque cuesta un mundo convencerte de cualquier cosa. ¿Qué podría hacer para que me digas que sí? ¿Prestarte un collar de la colección privada de LeBlanc para que lo lleves al evento?

–Val, por favor… –protestó ella. Pero por su tono no parecía que la idea la disgustara demasiado; se le notaba que dudaba.

Él se irguió en su asiento.

–¿En serio? Si lo hiciera, ¿vendrías?

¿Podría ser que esa fuera su debilidad? ¿Las joyas? Por fin le había encontrado una utilidad a esas piedras que vendía su familia… Si hubiera sabido que eso le serviría para convencer a Sabrina para que lo acompañara a un evento, hacía días que la habría envuelto en collares de diamantes.

–Yo no he dicho eso –replicó ella.

–Pero es la verdad –respondió él alegremente–. Anda, deja de protestar. Te recogeré a las siete. Ah, y envíame un mensaje al móvil para decirme de qué color es el vestido que te vas a poner.

–¿Para qué?

–Es una sorpresa –contestó él, y colgó muy ufano.

Tenía una cita con Sabrina. Antes de que acabara la velada, o habría conseguido hacer algún progreso con ella en lo personal, o establecido un nuevo plan de ataque. Tal vez no tuviera las habilidades necesarias para capitanear LeBlanc –o al menos aún no–, pero sabía cómo seducir a una mujer. Solo tenía que esperar a que se presentara la ocasión adecuada, y a algún signo claro de que al desplegar sus armas de seducción no estaría poniendo en peligro el objetivo de asegurarse su herencia.

La pantalla de su móvil se encendió. Le había llegado un mensaje de texto de Sabrina con una sola palabra: «Rojo». Rojo… Su color favorito… ¿Era solo una coincidencia, o sería cosa del destino?

La de esa noche iba a ser una velada interesante, de eso no había duda…

Debería haber una ley que prohibiese a los hombres como Val llevar esmoquin. Estaba endiabladamente guapo con él. Debería haberle dado con la puerta en las narices cuando pasó a recogerla y meterse en la cama con un libro, pero había aceptado el brazo que él le ofrecía, y había dejado que la condujera hasta la limusina que los esperaba en la calle.

Debería ir a un psicólogo. Tal vez pudieran explicarle por qué no podía quitarse de la cabeza el beso de Val. Su solo recuerdo la asaltaba en los momentos más inesperados, cuando debería estar centrada en su trabajo, haciéndola sentirse acalorada.

Como en ese momento. El estar dentro de aquella limusina con él era una tortura, por más que allí cupieran diez persona y hubiese un espacio de más de diez centímetros entre ellos. Nada de eso importaba. La presencia de Val era tan sofocante que, aunque estuvieran cada uno en una punta de un campo de fútbol, seguiría sintiendo el cosquilleo que le recorría la piel en ese momento.

Y estaba segura de que él también era consciente de esa tensión sexual entre ellos. Era imposible que no se hubiese dado cuenta de cómo chisporroteaba en el ambiente. Probablemente no debería haberse puesto el vestido que llevaba. Dejaba la espalda al descubierto; era demasiado atrevido, provocativo. Tenía un vestido beis, recatado y discreto, que habría sido mucho más apropiado.

Cuando se pusieron en marcha, Val apretó un botón para subir el panel tintado entre ellos y el chófer. Incómoda, Sabrina abrió la boca para protestar, pero justo entonces Val sacó de un compartimento oculto un estuche plano y alargado de terciopelo.

–Para ti –dijo antes de levantar la tapa.

A Sabrina se le cortó el aliento al ver lo que contenía el estuche: un exquisito collar de platino que tenía engarzados cientos de pequeños diamantes y rubíes. No era solo un collar, sino una celebración de la increíble belleza que la Tierra y los seres humanos podían crear juntos.

–Val, no puedo ponerme esto –murmuró sin dejar de mirar el collar.

Y, sin embargo, la verdad era que estaba deseando hacerlo.

–No solo puedes ponértelo, sino que vas a ponértelo –la corrigió él, tomando el collar–. Esta noche eres mi acompañante, y la gente espera que la mujer que vaya del brazo del presidente de LeBlanc Jewelers vaya engalanada con buenas joyas. Queremos que piensen que LeBlanc es el líder en la industria del diamante, ¿no? ¿Qué mejor manera de publicitarnos que con ese collar?

Sin la menor ceremoniosidad, le colocó el carísimo collar alrededor del cuello y lo abrochó. Ni siquiera le hizo falta que ella se apartara el cabello.

–Ya has hecho esto antes, ¿verdad? –le preguntó.

Pues claro que lo había hecho antes, se respondió a sí misma. Su apellido era LeBlanc, y no tenía la menor duda de que la lista de mujeres con las que habría estado era interminable, y seguro que a todas las había encandilado con joyas como aquella.

–Nunca te había puesto un collar –respondió él–. Y no me distraigas; estoy ocupado admirando lo hermosa que estás con ese vestido. El collar ni siquiera te hace sombra.

Una ola de calor la inundó. No podía evitar reaccionar así; resultaba embriagador que un hombre como Val se sintiese atraído por ella. Pero no debería reaccionar de esa manera; seguro que Val les había dicho piropos como ese a muchas mujeres. Y aquello no era una cita. El objetivo era que Val consiguiera encontrar nuevos talentos creativos para LeBlanc.

–¿Este trapo viejo? –contestó riéndose–. Me puse el primer vestido que me encontré al abrir el armario.

–No subestimes el efecto que tienes en mí –le dijo Val. Tomó su mano y dibujó arabescos sobre sus nudillos con el pulgar, haciendo estallar fuegos artificiales bajo su piel–. Ni el que yo tengo en ti.

Azorada, Sabrina sacudió la cabeza y apartó su mano.

–No lo estoy subestimando. Estoy ignorándolo, que es muy diferente.

–Pues no lo ignores.

Su voz la envolvió, seductora, impeliéndola a que se relajara y permitiera que le hiciera lo que quisiera. No lo había dicho, pero la insinuación era más que evidente: la deseaba.

–Tengo que hacerlo –le dijo apretando los dientes–. Eres mi cliente, y si he accedido a venir a este evento contigo, es solo por trabajo. Y punto.

Tras una larga y tensa pausa, Val respondió:

–Pues yo creo que esa no es la razón.

Sabrina, a quien le estaban entrando ganas de aullar de pura frustración, se contuvo.

–Me da igual lo que creas. Sé que eres un donjuán, pero flirtear conmigo no te servirá de nada porque soy… inmune a los piropos y a los halagos.

«Inmune» no era la palabra que estaba buscando, pero había sonado mejor que si le hubiera dicho: «Soy demasiado profesional». Era lo que debería haberle dicho, pero no lo había hecho porque él habría tirado por tierra sus palabras, y con razón. Hacía mucho que había dejado de comportarse de un modo profesional con Val: desde el momento en que había accedido a ir de compras con él, había dejado que la invitase a un granizado y luego que la besase.

Val enarcó las cejas.

–¿Lo comprobamos?

–Has estado poniéndome a prueba desde el minuto uno –respondió ella–. Y puesto que aún no he sucumbido a tus encantos, yo diría que lo importante son los hechos, y no las palabras.

–En eso estamos de acuerdo.

La tensión aumentó, como una cuerda estirada a punto de romperse, y tuvo el mal presentimiento de que sin pretenderlo le había lanzado un desafío del que se arrepentiría.

La limusina se unió a la larga cola de vehículos similares que avanzaban lentamente hacia la fachada del Centro de Artes Escénicas, donde se iba a celebrar el evento. De pronto Sabrina sintió que los nervios se apoderaban de ella y que no era capaz de controlarlos.

–Eh… –la llamó Val en un tono quedo, y Sabrina lo miró.

Craso error. Las luces de la calle iluminaban su atractivo rostro y, entre esos mechones azabache cayéndole sobre los ojos y la corbata negra con la que había complementado el esmoquin, no le cabía duda de que era el hombre más guapo que había visto jamás.

De pronto le costaba respirar. Aquello era ridículo… No era más que un hombre como los demás, un hombre por el que ni siquiera debería sentirse atraída. Además, no era su tipo. O, más bien, no era la clase de hombre en quien se fijaría. Y, sin embargo, había algo en él que llamaba su atención, una profundidad que nunca había visto en Xavier… y precisamente por eso debería evitarlo como a la peste.

Solo que por esa misma razón no podía. De hecho,

por esa fuerte atracción que sentía hacia él, ni siquiera debería haberlo aceptado como cliente. Había quebrantado su código ético y luego lo había hecho añicos al acceder a acompañarlo a aquel evento como su acompañante después de que él le suplicara, diciéndole cuánto necesitaba su ayuda.

–¿Qué? –murmuró.

–Estás temblando –dijo Val, plantando una mano cálida en su hombro desnudo–. Como una hoja. Si prefieres que no entremos y nos vayamos a... no sé, a hacer piragüismo, no tienes más que decírmelo.

A pesar de la tensión que sentía, y de que no había hecho sino incrementarse en cuanto la había tocado, aquello la hizo reír.

–¿Cómo has adivinado que era justo lo que estaba deseando hacer en este momento, irme a hacer piragüismo?

La sonrisa de Val hizo que el estómago se le llenara de mariposas. ¿Y ella le había dicho que era inmune a sus encantos?

–No hace falta que te pongas sarcástica –le dijo–. Está bien, tal vez piragüismo no, pero podemos hacer cualquier otra cosa que te apetezca. Te dejo que elijas.

Aunque agradecida por el ofrecimiento, Sabrina sacudió la cabeza.

–Es muy considerado por tu parte, pero estoy bien. Es solo que... soy consciente de lo importante que es este evento para ti, y quiero que vaya bien.

La cuestión era que no tenía ni idea de cómo podía ayudarle para que fuera bien. Y, si no podía ofrecerle ningún consejo como *coach* en una situación como aquella, no pintaba nada allí. ¿Por qué había dejado que la convenciera para que lo acompañara?

Val deslizó la mano por su brazo, y aquella caricia electrizante la hizo estremecer. Podía mentirle a él, pero no mentirse a sí misma. Aquella era su oportunidad de pasar una velada con Val sin acceder a tener una cita con él. Solo así podía no sentirse culpable aunque estuviera incumpliendo sus propias reglas.

–Si de verdad estás preocupada por cómo vamos a sacar provecho para la compañía con este evento, no deberías estarlo –le dijo Val, dejando caer la mano. Se detuvieron frente al edificio, y el chófer se bajó para abrirles la puerta–. Esto no es más que la primera de una larga lista de cosas que tengo por hacer, y ninguna de ellas nos catapultará por sí sola al objetivo de los mil millones de dólares, así que relájate. Tu misión es evitar que meta la pata; yo me ocuparé del resto.

Por alguna razón sus palabras tranquilizaron a Sabrina, que logró esbozar una sonrisa.

–De acuerdo. Lo intentaré.

Capítulo Siete

Val y Sabrina subieron al ático del edificio, un inmenso *loft* con vistas al centro de Chicago donde se celebraba el evento. Val no podía dejar de pensar en que la espalda desnuda de Sabrina estaba a solo unos centímetros. Aquel vestido le sentaba como un guante, y casi le parecía como si su piel luminosa estuviese llamándolo, suplicándole que la tocase. Y estaba en tensión, preparado para hacerlo en el caso de que ella le diera la más mínima señal de que no le importaría que lo hiciera.

Pero hasta el momento no había habido ninguna señal por su parte, y resultaba enervante. ¿Por qué se había puesto un vestido que le dejaba la espalda al descubierto si no quería que la tocara?

Claro que se trataba de Sabrina, no de una mujer a la que hubiera invitado a una fiesta con la sola intención de seducirla y llevársela a la cama al final de la velada. Y, sin embargo, no podía negar que durante todo el trayecto había fantaseado precisamente con eso. Podría haberla seducido allí mismo, en el coche, aprovechado la privacidad que les daban los cristales tintados y el panel opaco que los separaba del chófer.

Pero sabía que Sabrina no estaba preparada para eso. La realidad era que estaba tan concentrada en su trabajo, que se había puesto hecha un manojo de nervios antes de que entraran en el edificio. ¿Qué había esperado?, ¿que cambiaría su actitud por arte de magia, que se mostraría complaciente y cálida solo porque se había puesto aquel vestido rojo tan sexy?

Tenía que controlarse; tenía que centrarse en el motivo por el que estaban allí. Haría bien en aprender de Sabrina.

Saludó con un asentimiento de cabeza a dos directivos de LeBlanc que estaban junto a una mesa alta tomándose un martini.

–¿Tienes hambre? –le preguntó a Sabrina mientras avanzaban entre la gente hacia las mesas del bufé.

–No mucha –respondió ella, paseando la mirada a su alrededor, como si estuviera evaluándolo todo.

–Dime qué ves –le pidió él, que no tenía ojos nada más que para ella.

–Oportunidades –respondió ella al instante.

En eso estaba de acuerdo.

–¿Y qué primer paso me recomendarías, *coach*?

Ella lo miró de soslayo.

–Para empezar, que dejes de llamarme así.

Val sonrió divertido y, cuando se toparon con un grupo de invitados que charlaban, aprovechó, sin el menor pudor, para ponerle una mano en el hueco de la espalda y hacerla virar para esquivarlos. La calidez de su piel le provocó un cosquilleo en los dedos. Deberían darle una medalla por resistir el impulso de tomarse otras libertades.

–¿Y después de eso? –le preguntó.

–Sonríe a esa rubia –contestó Sabrina, señalando con la cabeza a una mujer de pie junto a la barra.

Lucía un original vestido de color fucsia que recordaba a un kimono. La falda era corta por delante y larga por detrás, con una cola que arrastraba por el suelo. El pelo lo llevaba recogido con dos palillos chinos cruzados, aunque el peinado dejaba sueltos algunos mechones ensortijados. Tenía una cara bonita, y para colmo un escote impresionante, pero que Sabrina le propusiera que flirteara con una desconocida lo descolocó.

–¿Estás intentando deshacerte de mí?

Sabrina se rio.

–Es Jada Ness, la diseñadora de joyas más rompedora de esta temporada, según la página web de los organizadores del evento –le explicó. Al ver la expresión de Val, dio un respingo–. ¿Qué? Me gusta informarme.

–Ya lo veo –murmuró él. Lo que le había chocado no era lo concienzuda que podía llegar a ser, sino el hecho de que era la primera vez que una mujer intentaba empujarlo a los brazos de otra–. ¿Crees que debería sacarla a bailar o algo así?

–Buena idea. Y cuanto antes mejor –respondió ella, urgiéndolo con un ademán a que fuera hacia ella.

Aunque desconcertado, Val se alejó hacia Jada Ness. En realidad sí que sabía quién era y la había reconocido. De hecho, creía que ficharla podría suponer un espaldarazo para la imagen de LeBlanc y la tenía en su punto de mira. Pero a medida que se acercaba, fue aminorando el paso hasta detenerse. No quería estar con ella, sino con Sabrina. Y lo peor era que era Sabrina quien lo había mandado con ella. No debería molestarle, pero le molestaba.

¿Pero qué diablos le pasaba? Sabrina le había ofrecido consejo, como él le había pedido, y su recomendación, no solo tenía fundamento, sino que también coincidía con lo que él ya había pensado. Además, no había nada entre ellos, así que no había motivo para que se le hiciese raro invitar a bailar a otra mujer. Sobre todo cuando esperaba poder hacerle una oferta de trabajo. Y estaba el objetivo de los mil millones de dólares de beneficios que se esperaba que consiguiera…

Ese recordatorio lo hizo echar a andar de nuevo. Unos cuantos competidores la rodeaban, y ella estaba haciendo todo lo posible por dar la impresión de que aquel evento la aburría casi tanto como los cuatro hombres que estaban «cortejándola». A Val no le sonaba ninguno de ellos, pero todos tenían pinta de hombres de negocios.

Los ojos de Jada se posaron en él, y lo miró de arriba abajo de un modo sugerente. Siempre le habían gustado las mujeres atrevidas, pero por algún motivo esa mirada lo hizo sentirse como un trozo de carne. Finalmente sus ojos traviesos se detuvieron en su rostro y le sonrió, haciéndole gestos para que se acercara.

Val ignoró a sus rivales, y se plantó delante del tipo que estaba hablando con ella en ese momento. De todos modos Jada no había estado prestándole la menor atención, y por suerte todos captaron la indirecta y se alejaron.

Val tomó la mano que ella le tendía, y la sostuvo unos segundos más de lo estrictamente necesario sin apartar sus ojos de los de ella. No había nada de malo en intentar inclinar la balanza a su favor.

–Es un placer conocerla. Soy Valentino LeBlanc.

–Sé quién es –la sensual voz de Jada Ness rezumaba a magnolias y a té, y su acento delataba sus raíces sureñas–. Y debo decir que estoy encantada de que haya venido usted en vez de su hermano.

Interesante… O la reputación de Xavier la precedía, o la señorita Ness tenía algún asunto pendiente con él. Esperaba que fuera lo segundo.

–Xavier está tomándose un descanso; yo solo estoy ocupando temporalmente su puesto como presidente de la compañía.

–Vaya, pues qué suerte la mía… –murmuró ella, acercándose un poco más para rozarse ligeramente contra él. No podía decirse que fuera muy sutil… –. Justo cuando estaba empezando a pensar que tendría que irme con las manos vacías, el destino le ha plantado ante mí. Le invito a una copa y buscaremos algún rincón donde podamos hablar tranquilamente, ¿le parece?

Había algo en aquella situación que le desagradaba, pero no podía decirle que no. Era por el bien de la compañía.

–Permita que invite yo. ¿Qué le apetece?

La señorita Ness pestañeó con coquetería.

–Un whisky *sour*.

Val le hizo una seña al barman y le pidió una cerveza para él y aquel repugnante cóctel de whisky con limón, azúcar y clara de huevo para ella. Cuando les hubieron servido las bebidas, las tomó y condujo a Jada Ness a una mesa alejada.

–Su whisky *sour*, señorita Ness –dijo empujando el vaso hacia ella después de que se hubieran sentado.

–Llámame Jada –le pidió ella–. Mis amigos me llaman así.

–No estaba seguro de que nos contara a los LeBlanc

entre sus amigos –respondió Val. La observó por encima del borde de su jarra de cerveza mientras tomaba un sorbo–. Ya que no parece tener mucha simpatía por mi hermano, quiero decir.

Jada frunció los labios de un modo encantador, un gesto que sin duda habría practicado frente al espejo más de una vez.

–No es culpa mía que Xavier no me excite. Usted, en cambio, sí.

Val esbozó una sonrisa.

–Bueno, desde luego yo no soy mi hermano –respondió–. El caso es que nos encantaría poder exhibir su trabajo.

Ella tomó un sorbo de su cóctel y se quedó callada un momento, como si estuviese sopesando lo que acababa de decirle.

–Me gusta cómo suena eso de «exhibir». ¿Y cómo lo exhibirían exactamente?

No había escogido bien sus palabras. Parecía como si tuviera una estrategia de marketing cuando aún no la había trazado. Pensó aturulladamente qué podría decir y le soltó lo primero que se le ocurrió.

–Me imagino una colección de diseños únicos a nivel internacional. Podríamos conseguir que su trabajo obtuviese un importante eco en los medios si nos permitiera exhibir sus joyas por un tiempo limitado en nuestras principales joyerías.

Jada torció el gesto.

–¿Pasear mis joyas de tienda en tienda como si fuera mercancía de segunda?

–No –se apresuró a corregirla él–, su colección sería la estrella. Podríamos mostrarla solo a algunos clientes destacados, mediante invitación. Sería algo muy exclusivo.

Parecía que había dado con las palabras mágicas, porque Jada asintió lentamente y un brillo astuto asomó a sus ojos.

–Y supongo que me pagarían por exhibir mis joyas, ya que no estarían a la venta.

En eso no había pensado. No tenía sentido que LeBlanc exhibiera una colección de un diseñador sin obtener algún tipo de ingreso a cambio. Algo así la beneficiaría a ella, pero no a la compañía. Val reprimió un gemido de frustración.

–Podríamos llegar a un acuerdo así si firmara un contrato para cedernos los derechos exclusivos de distribución de sus joyas.

–No me van demasiado los contratos –contestó ella arrugando la nariz–. Sobre todo cuando incluyen las palabras «derechos exclusivos». Es como encontrarse de pronto con las manos atadas.

No había duda de que la sutilidad que le faltaba la compensaba con astucia.

–Lo entiendo. Pero LeBlanc no es un actor con un papel secundario en la industria. Tenemos cientos de puntos de venta y un robusto sistema de comercio por Internet. Nuestro equipo la ayudaría a llevar su carrera aún más lejos.

Val no tenía ni idea de si la junta directiva estaría de acuerdo con lo que le estaba proponiendo. Era consciente de que estaba metiendo a la compañía en un compromiso sin consultarlo con ellos, pero Sabrina le había dicho que el presidente era quien estaba al timón, quien tomaba las decisiones, y que jamás debía disculparse.

Sin embargo, no podía evitar sentirse como si estuviera lanzando un órdago y habría preferido tener a un equipo coordinando aquello con él. Así nadie podría echarle todas las culpas a él si la cosa se iba a pique.

Los ojos negros de Jada se clavaron en los suyos.

–Podría estar interesada en que habláramos en más detalle acerca de ese contrato. Mientras desayunamos, por ejemplo.

–Ahora mismo estoy libre –respondió Val con tacto–. Deje que la invite a otra copa.

Jada lo agarró por el brazo antes de que pudiera girarse para llamar al barman.

–No suelo tener problemas para hacerme entender. Hablemos de negocios mañana, en el desayuno. Tenemos un montón de horas por delante que podemos dedicar a otras cosas…

Por si no había captado la indirecta, se pasó la lengua por los labios. El problema era que Val sí la había captado, pero se había hecho el loco porque… la verdad era que no sabía por qué. Era él quien estaba al timón; podía llevarse a la cama aquella mujer sexy y dispuesta, hacerle el amor y a la mañana siguiente cerrar un acuerdo con ella. ¿Qué podría salir mal?

«Dile que sí, que bien, y llévatela a su hotel en la limusina», se instó mentalmente. Se lo estaba poniendo en bandeja. Y sin embargo…

–Me temo que esta noche ya tengo planes –mintió–. Cualquier posible acuerdo que tratemos no deberá tener ninguna complicación.

Ella enarcó las cejas.

–Nunca hay acuerdos sin complicaciones. Solo es cuestión de encontrar aquellas que no sean demasiado inconvenientes –respondió–. Avíseme cuando esté preparado para que lo discutamos. Mi puerta está siempre abierta.

Val ya se había hartado de andarse por las ramas. Tampoco sería tan malo que hablaran en plata.

–A ver si lo he entendido bien... ¿Está diciéndome que no está dispuesta a hacer negocios con nosotros a menos que me acueste con usted?

Jada parpadeó.

–Yo no lo habría expresado de un modo tan vulgar, pero sí, es mejor decir las cosas claras: espero que eso sea parte del trato, y no es negociable.

Caramba... Desde luego había que tener cuidado con lo que uno deseaba. Estaba empezando a imaginarse por qué había chocado con su hermano. ¿Podría ser que le hubiera hecho una proposición similar a Xavier y él también la hubiera rechazado?

Si así fuera, aquella podría ser su oportunidad de darle un giro a la situación y triunfar allí donde su hermano había fracasado. Debería lanzarse y hacerlo. Aquella mujer era la diseñadora de joyas más cotizada del momento, y hasta entonces no se había dejado fichar por ninguna de las principales empresas de la industria.

Sin embargo, no lograba desprenderse de la sensación de incomodidad que lo había invadido desde el momento en que había empezado a hablar con Jada.

–Deme su teléfono y la llamaré –le pidió–. He venido acompañado y sería descortés por mi parte dejarla sola.

Para su sorpresa, la expresión de Jada se suavizó.

–Parece un buen tipo, de esos de los que hasta ahora solo había oído hablar.

No podía estar más equivocada respecto a él, pero tampoco iba a tirar piedras sobre su propio tejado, así que asintió, tomó la tarjeta de negocios que ella le tendía y se levantó de la mesa y se alejó, sintiéndose como si hubiera escapado por los pelos de ser vendido al mejor postor.

No le costó localizar a Sabrina entre la gente, aunque se había ido a un rincón, como si estuviera intentando esconderse. Y eso lo hizo sonreír porque, con el vestido rojo que llevaba, era imposible que pasara desapercibida.

–Por tu cara diría que ha ido bien, ¿a que sí? –dijo animada, a modo de saludo, cuando lo vio acercarse.

Él, en cambio, estaba tan cegado por su belleza que solo pudo asentir. Además, ¿qué iba a hacer?, ¿decirle que la diseñadora de joyas más popular del momento le había pedido sexo a cambio de concederles derechos exclusivos de distribución?

En aquel rincón había menos gente, probablemente porque era el lugar más alejado de la barra. Le gustaba aquel rincón: una iluminación más suave, menos miradas curiosas... Sus ojos se posaron en un enorme jarrón de porcelana a unos pasos detrás de ella, y se le ocurrió una idea.

–Supongo que podría decirse que sí –le dijo–. Ha accedido a que hablemos sobre un contrato en exclusiva.

–Eso es estupendo. ¿Pero por qué no ahora? Si quieres mi consejo, deberías aprovechar. A la ocasión la pintan calva.

A Val le chirrió esa insistencia suya por alejarlo de ella. Esa era una parte del problema: la mujer a la que quería llevarse a la cama se negaba a picar el anzuelo, y nunca antes lo habían rechazado.

–No quería hablar de eso ahora. Y ahora estoy aquí contigo, y apenas hemos cruzado dos palabras desde que llegamos. Baila conmigo.

–Ve a pedírselo a ella –insistió Sabrina. Parecía que no se había dado cuenta de que estaba empezando a perder la paciencia. O bien sí lo había notado pero le daba igual–. Ya deberías haberlo hecho.

–No –respondió él irritado–. No tenía por qué hacerlo. La única persona con la que quiero bailar ahora mismo es contigo.

Y, sin darle tiempo a protestar, le rodeó la cintura con un brazo y la atrajo hacia sí. Sentirla así, pegada contra su cuerpo, era increíble. Justo lo que necesitaba para quitarse el mal sabor de boca después del desencuentro con Jada.

–¿Quieres que bailemos aquí? ¿Ahora? –inquirió ella, sobresaltada.

Sin embargo, bajó las manos a sus caderas, quizá por accidente… aunque él no lo creía así.

–Estoy aprovechando la ocasión, como me has dicho –le susurró él al oído, y su mano, que no se había movido del hueco de su espalda desnuda, la atrajo un poco más hacia sí–. Y ahora cierra la boca y baila.

Sabrina obedeció, y comenzaron a moverse al ritmo de la música, una melodía de jazz, lenta y sensual. Val la hizo girar con él, como para que pareciera que el objetivo era ese, bailar, cuando en realidad solo quería tocarla. La piel desnuda de su espalda lo tentaba, haciéndole fantasear con dejar que su mano se deslizara más abajo, pero dudaba que a Sabrina le hiciera gracia que la manoseara delante de un montón de gente. Quizá más tarde.

–Bueno, y entonces… ¿cómo ves lo de Jada? –le preguntó Sabrina–. ¿Hay posibilidades?

–¿Te refieres a lo de que lleguemos a un acuerdo? Lo veo bien –mintió él–. Me ha dado su tarjeta; mañana la llamaré.

O dentro de una semana. Cuando hubiera indagado un poco más acerca de su trabajo para plantearse si merecía la pena aceptar sus condiciones. Y cuando hubiera tenido tiempo de averiguar qué diablos le pasaba, porque nunca antes hubiera rechazado una proposición así de una mujer como aquella…

Capítulo Ocho

De pronto, Sabrina sintió el roce de algo frío contra la espalda. Era un enorme jarrón de porcelana, más alto que ella, que arrojaba su prolongada sombra sobre el rincón. Val la había conducido hasta allí mientras bailaban.

No debería haberla chocado tanto descubrir, al alzar la vista, el deseo descarnado en los ojos de Val, ni debería haberse balanceado hacia delante, pero su cuerpo clamaba por estar más cerca de él.

Entonces los labios de Val tomaron los suyos, y una ráfaga de calor afloró en su interior y corrió por sus venas como ardiente lava, dejando un cosquilleo a su paso. Debería pararle los pies a Val, dar un paso atrás, pero el jarrón se lo impedía, y de algún modo acabó dejándose llevar. No podía negar que no había estado fantaseando con aquello, una y otra vez.

Era un beso tan distinto de los besos que había compartido con Xavier: atrevido, sin remordimientos... Los labios de Val devoraban los suyos con maestría y, como si este intuyera que no se opondría a algo más, le puso una mano en la mejilla para ladearle la cabeza y hacer el beso más profundo. Las caricias de su lengua contra la de él la estaban haciendo derretirse por dentro y, pegada como estaba a él, se sentía tan acalorada que apenas podía respirar.

Finalmente reunió las fuerzas necesarias para empujarlo por los hombros y aunque a Val se quedó mirándola aturdido un instante, luego la soltó y retrocedió, dejando caer los brazos.

Sabrina se encontró echando de menos de inmediato el calor de su cuerpo, pero se recordó con firmeza que no quería nada con él. O más bien que estaba intentando convencerse a sí misma a toda costa de que no quería nada con él.

–Esto no puede seguir así –le reprochó.

–Estoy completamente de acuerdo. La próxima vez te besaré cuando estemos a solas –respondió él.

Su voz ronca, prueba de la intensidad de su deseo, le produjo una profunda satisfacción. La deseaba a ella, no a Jada Ness, la despampanante diseñadora que había estado devorándolo con los ojos. Y aunque lo había instado a que fuera a hablar con ella, se había fijado en que él había mantenido las distancias con la rubia devorahombres y había vuelto a su lado en menos de quince minutos.

–No habrá una próxima vez. Ha sido un error. No debería haber dejado que me besaras.

–Yo diría que tú también has puesto de tu parte; no te he forzado a nada.

Sabrina se encogió de hombros, rogando por que ese gesto de indiferencia resultara creíble.

–Mira, no digo que no haya estado bien, pero no estamos hechos el uno para el otro, eso es todo.

Val enarcó una ceja y se cruzó de brazos.

–Me da la impresión de que cada vez que hablamos te inventas una excusa distinta sobre la marcha. Primero me dijiste que no salías con tus clientes, y ahora me dices que no estamos hechos el uno para el otro. ¿Alguna vez me dirás con claridad por qué te opones a que dejemos que la atracción entre nosotros siga su curso?

–Probablemente no –le contestó ella en un tono burlón–. Estoy probando con todas las excusas de mi arsenal hasta que dé con una que funcione contigo.

–Te ahorraré tiempo: ninguna funcionará, porque tengo muy claro qué es lo que deberíamos estar haciendo ahora mismo en vez de estar discutiendo sobre esto. Y me niego a creer que no llegaremos a eso cuando haya desmontado tus objeciones. Así que, adelante, hablémoslo, descarga toda tu munición.

Sabrina parpadeó.

–¿De verdad quieres que sea completamente sincera? ¿Es lo que me estás pidiendo?

–Sí. Venga, dispara.

La sonrisa petulante de Val la irritó profundamente. ¿Quería que fuera sincera? Pues le contaría la verdad, la fría y dura verdad.

–Mi padre engañaba a mi madre. Constantemente –le dijo. Clavó sus ojos en los de él. Era lo que le había pedido, la verdad. Y no iba a molestarse en edulcorarla–. Llegaba a casa oliendo a perfume, con manchas de carmín en el cuello de la camisa. No se disculpaba ni intentaba ocultarlo, y yo oía a mi madre llorar hasta quedarse dormida. Entonces me juré que yo jamás acabaría como ella, que si me casaba sería con un hombre que me fuera fiel y me respetara. No podía ser tan difícil, eso era lo que me decía.

Val, cuya sonrisa se había desvanecido al instante mientras la escuchaba, sacudió la cabeza.

–Lo siento. Debió ser muy duro para ti.

–No, era duro para mi madre –contestó ella con una risa amarga–. Para mí lo duro fue darme cuenta de lo equivocada que había estado respecto a no acabar como ella.

Fue entonces cuando había aprendido lo que se sentía siendo la mujer al otro lado de la puerta del dormitorio. Cuando había descubierto por qué su madre había permanecido junto a su padre. Porque el cerebro y el corazón se enzarzaban en unas discusiones tan interminables que al final una no era capaz de distinguir la verdad de lo que tal vez fueran solo imaginaciones suyas. No te marchabas porque pensabas que a lo mejor estabas equivocada, que quizá no fuera más que un tremendo error, y no querías cometer otros errores aún mayores.

Y entonces llegabas a un punto en el que ya no podías seguir engañándote y te veías obligada a tomar decisiones basadas en la fría lógica en vez de dejarte llevar por las emociones. Ya no se dejaba llevar por las emociones.

Val dio un respingo, pero ella levantó un dedo para interrumpirle antes de que volviera a abrir la boca.

–Es curioso cómo te cambia la perspectiva respecto a todo el que te sean infiel. Por ejemplo, me di cuenta de que mi problema era que había estado buscando un hombre en quien pudiera confiar. En vez de eso debería haber buscado a un hombre al que pudiera reemplazar.

–Vaya... –murmuró Val con el rostro contraído–. ¿Sería redundante que te dijera de nuevo que lo siento?

–Además de innecesario –respondió ella–. Ya lo he superado –añadió encogiendo un hombro.

Pero no era verdad. Jamás lo superaría. ¿Cómo podría borrar de su mente el recuerdo, grabado a fuego, de que la persona a la que había escogido la había traicionado? Aquella experiencia la había hecho dudar de cada una de sus decisiones, sobre todo en lo que se refería a los hombres.

–No te hagas la dura –le reprochó él con fiereza–. No tienes que hacer como si no importara nada.

Sabrina se quedó mirándolo, algo sorprendida por su reacción.

–Es que ya no importa. He pasado página.

–¿De verdad? –inquirió él mirándola a los ojos–. Me has contado esa historia para explicarme por qué no haces más que darme largas. A mí no me parece que eso sea pasar página.

–Es que así es como he pasado página. Ahora solo salgo con hombres que puedo quitarme de encima sin problemas –le espetó Sabrina–. Si quieres ser uno más, adelante, marchémonos –añadió, sacudiendo la cabeza hacia la salida.

Val no se movió.

–A ver si lo he entendido: no quieres que tengamos una cita porque te preocupa que a lo mejor te guste demasiado y no seas capaz de darme la patada. Esto empieza a ponerse interesante…

En vez de lograr desalentarlo, como había esperado que ocurriera, Val se acercó a ella, invadiendo su espacio.

–Val, por favor… –lo increpó poniendo los ojos en blanco. Sin embargo, no pudo evitar que le temblara la voz–. Eres mi cliente; por eso no puedo tratarte como trataría a cualquier otro hombre.

Cuando Val se inclinó hacia ella y apartó un mechón de su mejilla, de pronto fue como si el resto de la gente se desvaneciera.

–Pero acabas de desafiarme a que nos fuéramos de aquí justo después de explicarme que siempre buscas la manera más fácil y rápida de cortar una relación. Y es un desafío que entraña ciertos riesgos, porque puede que sea precisamente eso lo que yo estoy buscando.

Sabrina sacudió la cabeza.

–No, te he contado esa historia para que comprendieras por qué soy tan cauta a la hora de tener una cita. No he salido con nadie desde que rompí con Xavier, y no estoy abierta a una nueva relación. Mi trabajo ocupa la mayor parte de mi tiempo y me gusta que sea así. Los hombres no entran en mis prioridades.

Val resopló.

–Seguro que eso es porque los hombres con los que has salido no estaban a la altura. Incluido mi hermano. Es evidente que necesitas a alguien que te haga ver lo que has estado perdiéndote.

–No me he perdido nada –insistió ella–. Lo que pasa es que no quiero problemas.

–Si esa es tu forma de pensar, estás muy equivocada –contestó él frunciendo el ceño–. Vaya... No tenía ni idea de que Xavier fuera tan penoso en el terreno amoroso. Es patético. Pero no tienes por qué preocuparte; yo te haré ver las cosas de otra manera.

Sabrina no sabía si reírse o llorar.

–No estoy preocupada. Estábamos hablando de por qué no va a haber nada entre nosotros, así que tú podrás mantener tu ego intacto, yo seguiré siendo tu *coach*... y aquí no ha pasado nada.

–De eso nada, cariño... –Val chasqueó la lengua–. No es eso de lo que estábamos hablando. Estábamos hablando de los hombres que te han tratado mal, hombres que se merecerían un buen puñetazo. Pero lo que está claro es que en tu vida hasta ahora no ha habido pasión –tomó su mano, se la llevó a los labios y le acarició el dorso con ellos–, así que me veo en la necesidad de cortejarte hasta que me supliques que pare.

Las caricias de sus labios estaban desatando un cosquilleo eléctrico en partes de su cuerpo a las que Val ni siquiera podría llegar. Ese era el problema con él, que se lanzaba de cabeza en todos los aspectos. Y tenía la impresión de que con ella sería igual: pondría tanto ahínco en seducirla, arrastrándola consigo hasta las profundidades de un mar de pasión, que se le haría tremendamente difícil volver a la superficie.

–Eso ni siquiera tiene sentido; solo le pides a alguien que pare cuando no te gusta lo que está ocurriendo.

–Entonces, no me pidas que pare.

Val acababa de lanzarle su propio desafío: o le mentía, diciéndole que no le gustaba cómo le hablaba, cómo la tocaba, cómo flirteaba con ella… o hacer lo que estaba sugiriéndole y cerrar la boca. Claro que también había otra posibilidad.

–Tengo que hacerlo –respondió en un susurro–. Por ahí no paso, Val: estoy intentando hacer mi trabajo, y traspasar la barrera de lo personal solo será un obstáculo. Así de claro.

Val le soltó la mano.

–En eso me temo que no estamos de acuerdo –le dijo con una sonrisa traviesa–. La pasión lo es todo. En la vida, en el trabajo. Sentir pasión por algo, experimentar esa pasión… no puede sino hacerte mejor en tu trabajo. Aunque estoy dispuesto a admitir que este no es el momento para convencerte de ello.

Desconcertada, Sabrina apartó la vista y evitó hacer preguntas. Seguramente Val estaría encantado de que se las hiciera, pero ella prefería no oír sus explicaciones. Sobre todo respecto a afirmaciones tan absurdas como que el dejarse llevar por la pasión haría que mejorase en su trabajo.

De hecho, ella ya se había imaginado lo fácil que podría ser pasar de decirle qué debía hacer en la sala de juntas de la compañía a decirle qué quería que le hiciera en la cama. El problema era que no era capaz de imaginar qué ocurriría después.

La mañana siguiente al evento en el Centro de Artes Escénicas, Sabrina se presentó en el despacho de Val a las siete de la mañana, como era de esperar. Lo que él no se esperaba era encontrarse con que había vuelto a levantar un muro entre los dos. ¡Con lo que le había costado derrumbar el anterior…!

–Buenos días –lo saludó desde la puerta.

Su tono decía claramente «mantente alejado de mí», y así no harían ningún progreso. No sabía cómo había conseguido volver a levantar ese muro de hielo entre ellos. Después del ardiente beso de la noche anterior, debería haberse derretido para siempre. Y si no lo irritara tanto, incluso la admiraría por esa capacidad para dejar a un lado con tanta facilidad lo personal y centrarse en el trabajo.

La noche anterior debería haberlo cambiado todo. Se había esforzado por desbaratar sus defensas, besándola con ardor, y de repente… ¡bum!, se había topado de bruces con la verdad que había estado buscando.

No era tanto que se opusiera a acostarse con un cliente como que se oponía a acostarse con cualquiera que creyera que pudiera ser una amenaza para su equilibrio emocional, que algún capullo de su pasado había hecho añicos, y que a ella tanto le había costado recomponer.

Y a él lo veía como una amenaza. Aún no entendía muy bien por qué, pero ella se lo había dejado muy claro, y eso significaba que no solo tendría que andarse con pies de plomo en su relación profesional, sino que también tendría que estar atento a esas heridas de su pasado.

Nunca había estado tan decidido a seducir a una mujer, y nunca se había topado con tantos obstáculos. Si fuera listo, se olvidaría de ella y se preocuparía de LeBlanc. Tenía una herencia por la que pelear, y una cuenta pendiente con el fantasma de su padre. ¿No tenía ya bastante con eso?

Por lo que parecía no, porque las posibilidades de que se echase atrás, cuando sabía lo increíble que sería el sexo con Sabrina, eran nulas. La noche anterior no había hecho sino tentarlo aún más a sumergirse y explorar lo que se ocultaba bajo la superficie. Solo algo de gran valor podía estar custodiado con tanto celo, y por eso estaba ansioso por saber más de ella y por hacerle ver que con él no tenía por qué esconderse tras esa fachada de mujer fría, que podía confiar en él. Sabía muy bien lo que era sentirse rechazado, abandonado.

Todo se arreglaba cuando dos personas conectaban y se dejaban llevar por la pasión. Sabrina no lo sabía, y quería ser él quien se lo enseñara.

La observó mientras entraba en el despacho, devorando con los ojos su hermosa figura.

–Buenos días –la saludó.

Sabrina se sentó en una silla frente a su mesa, toda seria.

–He pensado que podríamos discutir la estrategia que deberías seguir con Jada Ness –le dijo.

Era la última persona de la que él quería hablar. Sabía que la posibilidad de fichar a Jada Ness como diseñadora para LeBlanc debería entusiasmarle, sobre todo porque sería coser y cantar, pero antes que ponerse a hablar de eso con Sabrina preferiría que le sacaran una muela.

–Pues yo estaba pensando que podríamos discutir la estrategia del viernes por la noche. Te invito a cenar, en mi casa. Y cocinaré yo.

Sabrina ni siquiera esbozó una sonrisa.

–Jada Ness es algo escurridiza. Es una diseñadora con mucho talento, y muy cotizada. He leído un par de comentarios en redes sociales que me hacen pensar que su presencia en el evento de anoche era algo bastante inusual. Y tú ayer empezaste con buen pie con ella. Deberías sacarle provecho.

–Estaba pensando en preparar comida tailandesa –murmuró él. La miró pensativo–. No sé, como curry rojo con gambas. Conozco un mercado asiático estupendo, y hay una anciana de un puesto de pescado a la que le caigo bien, así que seguro que conseguiré buenas gambas.

Sabrina se inclinó hacia delante y puso una mano en la mesa.

–Normalmente no soy partidaria de ir por ahí dando carta blanca a la gente, pero te recomiendo encarecidamente que le des a la señorita Ness lo que te pida.

Tienes que conseguir ficharla para LeBlanc a cualquier precio. Y ya que lo mencionas, no soy muy aficionada a la comida tailandesa.

Si así era como quería que jugaran…

–A cualquier precio, ¿eh? No sé si te sorprenderá saber que quiere que exhibamos sus joyas en nuestros principales puntos de venta de cada ciudad. Y que ninguna de sus joyas estaría a la venta. Y que además, en eso no está dispuesta a ceder.

–¿En serio? ¿Eso es lo que te pidió?

–No, se me ocurrió a mí de improviso. Se lo solté antes de poder pensarlo bien, y ella me tomó la palabra –contestó Val–. Y estás de suerte, porque se me da mejor la cocina italiana que la tailandesa –añadió encogiéndose de hombros–. Así que traes tú el vino, te recogeré a las siete.

–Pues si no hay beneficios para la compañía, no será fácil venderle ese acuerdo a la junta directiva. A menos que… –Sabrina enarcó una ceja y se quedó callada un momento–. Podrías acceder a exhibir sus joyas, pero estipular que al final saldrán a la venta.

–¿Te refieres a sacarlas a subasta? –repitió él.

Se cruzó de brazos, sopesando si aquella propuesta podría funcionar. Había organizado algunas subastas en LBC que habían generado bastante expectación, aunque había tenido que procurar él los objetos que se iban a subastar, visitando negocios locales y pidiendo a distintas personas que donasen algo para las subastas.

Aquello sería completamente distinto. La subasta no sería benéfica, y estaba seguro de que a mucha gente le entusiasmaría la idea de poder conseguir una de las joyas exclusivas de Jada Ness.

Sabrina esbozó una sonrisa.

–Bueno, yo solo quería decir que las joyas deberían ponerse a la venta, pero bien pensado me gusta la idea de la subasta. Y sí, ¿a quién no le gusta la cocina italiana?

–Has sido tú quien me ha dado la idea. Formamos un buen equipo –respondió él. Aunque no sabía cómo había conseguido que Sabrina admitiera que le gustaba la cocina italiana en medio de una conversación sobre Jada Ness. Lo que sí estaba claro era que no reaccionaba bien cuando la presionaban, se dijo, tomando nota de ello–. Si fuera yo quien tuviera que comprar el vino, me decantaría por un *chianti.*

–Sí que formamos un buen equipo.

Lo había dicho como si aquello la chocase un poco, pero a Val le complació enormemente que lo admitiera.

–Ya que estás de acuerdo con mi idea... tal vez puedas ayudarme a diseñar una estrategia para tratar con el presidente de Botswana.

No podía quitarse de la cabeza aquellos contratos que su hermano había dejado pendientes. Los había estado ojeando, y aunque los contratos nuevos parecían correctos, algunas cláusulas habían cambiado, y a su modo de ver a quien favorecían era al cliente, el gobierno de Botswana. Claro que tal vez hubiese algo que no supiera; tal vez aquello se hubiera estipulado verbalmente en los contratos anteriores.

Cuando sacó de un cajón del escritorio las gruesas carpetas con los contratos que Xavier había dejado pendientes, Sabrina puso unos ojos como platos.

–Me temo que no tengo experiencia en eso, Val –murmuró ella vacilante.

–Lo mismo me ocurre a mí. Aunque seguro que tampoco habías asesorado nunca a nadie sobre cómo negociar con una diseñadora de joyas. Y sin embargo acabas de hacerlo. Estás acostumbrada a pensar en términos de estrategia. Si tú fueras la presidenta de LeBlanc, ¿qué harías?

El rostro de Sabrina se iluminó, como si fuese una adolescente tímida en el baile de graduación y él se hubiese acercado para invitarla a bailar. Absorbió su expresión, intrigado por aquel botón que había pulsado sin ser consciente de ello.

–Contrataría a un experto –contestó de inmediato.

–Como yo hice contigo.

No era mala idea, pero… ¿dónde encontraba uno a un experto en minas de diamantes? Uno esperaría que LeBlanc albergase a las mentes más preclaras en ese departamento, pero la persona más versada en ese tipo de contratos era precisamente Xavier.

–¿Y cuál sería tu plan B si no hay ningún experto disponible?

Sabrina se quedó un largo rato pensativa.

–Tal vez iría a Botswana y tantearía el terreno. Hablaría con unas cuantas personas, incluido el presidente. Les explicaría que estás sustituyendo temporalmente a Xavier, y que te parece que debes conocer en persona a tus interlocutores. Creo que lo valorarían muy positivamente.

–Eres increíble, Sabrina.

Sí, era la mujer más increíble que había conocido en mucho tiempo. Quizás la más increíble de todas las que había conocido. Y las mujeres inteligentes como ella le resultaban muy atractivas.

Sabrina se sonrojó.

–No puedes decir esas cosas.

–¿Por qué no? Me gustas, y cuando una mujer me gusta, no me avergüenza expresarlo. Eres una mujer inteligente que piensa antes de abrir la boca, y eso es tremendamente sexy.

Sabrina parpadeó y se quedó mirándolo.

–Tampoco puedes decir cosas como esa.

Ya estaba otra vez, sacándose normas de la manga para no tener que sentir nada por nadie.

–Claro que puedo. Y el viernes por la noche te diré unas cuantas más, así que vete haciendo a la idea.

Sabrina sacudió la cabeza.

–No he dicho que aceptara cenar contigo; solo que me gusta la cocina italiana. Estamos trabajando juntos, y no es buena idea cruzar esa línea.

–¡Y un cuerno que no! –gruñó él–. Si crees que tienes que ponerte esa clase de excusas, allá tú, pero no pienso aceptar un no por respuesta: el viernes vendrás a cenar a mi casa, y será una cita.

Jada quería que él fuese parte del acuerdo al que llegasen, pero, después de lo que Sabrina le había contado sobre las malas experiencias que había tenido con los hombres, dudaba que pudiese acostarse con ambas y no salir malparado. Y tampoco quería hacerlo. Con Sabrina, por el momento, ya tenía bastante. Tendría que encontrar la manera de convencer a Jada de que firmara un contrato con LeBlanc sin incluir en él el «derecho a roce» que ella le había reclamado. No podía ser tan difícil mantener ese equilibrio…

Capítulo Nueve

Normalmente Sabrina abandonaba LeBlanc después de que Val y ella hubieran repasado su agenda del día. Le ofrecía consejos, analizaba con él las cuestiones pendientes, y se marchaba sobre las ocho, cuando la jornada de Val empezaba de verdad.

Aunque por la cantidad que le estaba pagando no le importaría quedarse el día entero. Sobre todo ahora que había empezado a vestir los trajes que le habían hecho a medida. El sastre debía tener un don especial, porque no encontraba otra explicación posible a lo increíblemente bien que le sentaban.

Pero Val nunca le pedía que se quedara más tiempo, y a ella ese horario que habían acordado le iba bien porque así podía ir a su pequeña oficina a contestar correos, repasar papeles… O eso se suponía que debería estar haciendo en ese momento.

Estaba hecha un manojo de nervios por la invitación de Val a cenar en su casa, y era incapaz de concentrarse en nada. ¿Por qué no se había puesto firme y le había dicho que no iba a ir? La verdad era que sabía por qué: porque durante días había estado fantaseando con ello, con Val removiendo una salsa que borboteaba suavemente en el fuego, y una encimera despejada donde pudiera subirla para…

¡No! No podía ir; debería llamarle y dejarle claro

que no iba a tener una cita con él. Además, ¡si no tenía nada que ponerse! Nada… salvo una falda que se había comprado hacía unos días. Era cortita, de una tela vaporosa y muy fina, y se la había comprado solo porque al probársela le había gustado cómo le quedaba. Podría ponérsela si fuera a cenar a casa de Val… cosa que no iba a hacer. Claro que, si fuera, era la clase de falda que se podía subir fácilmente y…

De pronto sonó su móvil y al mirar la pantalla vio que era Val quien la llamaba. Se le subieron los colores a la cara.

–Sabrina Corbin, ¿dígame? –respondió con voz ronca–. Digo… hola.

Val se rio.

–¿Sabes qué? He cambiado de idea: me gusta cuando contestas diciendo tu nombre; es muy sexy.

Y a ella le gustaba cuando él decía su nombre con esa voz tan… ¿Pero qué le estaba pasando? Aquel hombre la besaba un par de veces y a ella se le hacía el cerebro puré… El problema era que no era cualquier hombre, sino Val, y que sabía que le gustaba y que no tenía el menor reparo en hacérselo saber.

Ningún hombre le había dicho eso antes. A los hombres no les gustaban las mujeres como ella. Lo que les gustaba era el poder, y dominar a quienes eran más débiles que ellos. Val era diferente, y en cierto modo tenía que admitir que era agradable sentirse admirada. Igual que el hecho de que la desease por una simple atracción física.

Era agradable, sí, pero no una necesidad. Val era un hombre al fin y al cabo, y no podía mostrar ante él ninguna debilidad, o se aprovecharía de ellas.

–Me da igual que te guste o no –le informó–. Es mi teléfono, y contestaré como me plazca.

–Es lo que ibas a hacer de todas maneras –la picó él–. Pero no te llamaba para hablar de eso.

–¿Y entonces para qué? –Sabrina empujó hacia atrás el respaldo de la silla y puso los pies en la mesa–. ¿Te has encontrado una araña en el despacho?

–Sí, justamente por eso. ¿Podrías venir y sacarla de aquí por mí? –bromeó él.

Sabrina no pudo reprimir la sonrisa que se dibujó en sus labios.

–Para tu información, yo a las arañas las mato. No las envuelvo en un pañuelito y les busco otro rincón para que tejan una tela nueva.

–Bueno, con eso me vale. ¿Cuánto tardarás en llegar?

–¿En serio necesitas que vaya? Más vale que no sea por eso –respondió ella bajando las piernas.

–No, es que necesito hablar contigo de… una cosa.

¿«De una cosa»? Podría ser un poco más concreto…

–De acuerdo, iré cuando tenga un hueco –respondió.

Su oficina estaba solo a unos quince minutos en coche de LeBlanc, y acabó pasándose por allí unas horas después, poco antes de las dos. Al entrar en el despacho de Val, lo encontró sentado tras el escritorio. Se había quitado la chaqueta y la había colgado del respaldo de su sillón.

Cuando alzó la vista hacia ella, el chispazo sensual que sintió en el vientre fue tan intenso que por un momento la dejó muda. ¿Qué tenía Val que la afectaba de aquella manera? Con Xavier nunca le había pasado, y eso que los dos eran prácticamente idénticos en cuanto a rasgos y complexión… No, era todo lo demás lo que los hacía tan distintos. Por eso no podía tener una cita con Val, porque despertaba en ella demasiados sentimientos, y eso no podía ser bueno.

–¿Por qué querías verme?

–He hablado con Jada –contestó Val, remangándose hasta los codos–. No hay nada que hacer.

–¿Que no…? –Sabrina tragó saliva y dejó a un lado los inapropiados anhelos hacia su cliente para centrarse–. Pero si me dijiste que anoche casi la habías convencido… ¿Qué ha pasado?

–No le ha gustado la idea de subastar sus joyas. Dice que no cree que funcionara.

Su voz parecía serena y segura, pero Sabrina lo notó vacilar al final, como si se hubiese contenido antes de soltar algo que pensaba que no debía decir. Conocía muy bien esa clase de pausa, era la de un hombre que tenía secretos. Lo observó atentamente, pendiente de algún otro indicio de que escondía algo. Todos los hombres tenían secretos.

–¿Y entonces qué propuso ella?

Las comisuras de los labios de Val se movieron ligeramente, como si fuera a sonreír pero se hubiera contenido. No había duda de que ocultaba algo.

–Nada.

Estaba mintiendo; se lo decía su intuición. Gracias a Dios que había hecho caso a su instinto y se había negado a intimar con él…

–¿Me estás diciendo que le expusiste tus ideas y ella se limitó a rechazarlas todas y te colgó? ¿Es eso lo que pasó?

Val ladeó la cabeza, y un mechón le cayó sobre los ojos.

–Algo así. ¿Eso puede suponer un problema?

«Sí, eso, lanza la pelota a mi tejado, no vaya a hacerte demasiadas preguntas y deje al descubierto tus mentiras…». Era igual que el resto de los hombres.

–No entiendo que te lo tomes con tanta calma. Es tu herencia lo que está en juego. A mí me parece que eres tú el que tienes un problema.

–Por eso te he llamado. Sí que es un problema.

Su expresión era inescrutable. No acertaba a entender de qué iba todo aquello, y esa incertidumbre la escamaba. ¿Por qué no podía decirle la verdad?

–Entonces dime qué crees tú que deberías hacer.

–No estoy seguro, y no puedo admitir eso ante el consejo directivo –respondió Val–. Esperan que les dé soluciones, no problemas que resolver. Tengo que incrementar los beneficios de la empresa, y pensaba que con Jada Ness lo conseguiría, pero no puedo darle lo que pide.

Que se mostrara dispuesto a exponer su vulnerabilidad ante ella la descolocó. ¿Entonces acerca de qué estaba mintiéndole?

–Espera, creía que te había dado un no rotundo. ¿Qué es lo que te ha pedido?

De pronto Val se puso de pie y rodeó la mesa para dirigirse hacia ella, que se había quedado de pie en medio del despacho. Apenas eran unos pasos, pero caminaba con un aire tan resuelto, tan masculino… Preferiría que se pusiera la chaqueta; así, solo con la camisa y remangado, resultaba demasiado tentador. Se moría por tocar sus antebrazos desnudos…

–Me temo que te he mentido –murmuró Val de repente.

Pues claro que lo había hecho. Aquello no era nada nuevo para ella. Era un hombre al fin y al cabo. Lo único que lo diferenciaba de los demás era que lo hubiese admitido sin que ella lo hubiera acusado.

Y eso tampoco importaba, porque la cuestión era que ella no soportaba las mentiras. Decepcionada por que su radar de mentirosos no le hubiese fallado, se quedó mirándolo pensativa.

–¿Sobre qué?

–No te he pedido que vengas para hablar de Jada, sino porque quería verte –le confesó él, poniéndole una mano en la mejilla.

Vaya… Bueno, eso no era exactamente una mentira. La ira de Sabrina se disipó, y la expresión sincera de Val, junto con la calidez de su mano, la hizo derretirse por dentro.

–Podrías habérmelo dicho.

Él se rio suavemente.

–Ya, claro, como te lo tomas tan bien cuando intento acercarme a ti…

–A lo mejor es que no lo intentas lo suficiente.

Val enarcó las cejas y apretó la mano contra su mejilla, como si fuese a atraerla hacia sí para besarla. Ella se quedó mirándolo, desafiándolo a leer entre líneas. Claro que, tratándose de Val, tampoco hacía falta que le diese pie.

Le acarició los labios con el pulgar un instante antes de besarla, y Sabrina se dejó llevar, como si no le preocupara que estuviesen en una oficina llena de gente. Le daba igual; estaban aislados del mundo allí, en aquel despacho, y se olvidó de todo cuando la lengua de Val se adentró en su boca, arrancándole un gemido de placer.

Una ola de calor afloró en su vientre y se expandió por todo su cuerpo, y no protestó cuando Val la rodeó con sus brazos para atraerla hacia sí y frotó su muslo contra el de ella, haciéndola estremecer.

Era solo un adelanto de lo que sabía que él le tenía reservado si claudicase y fuese a cenar con él a su casa, como le había propuesto. ¿Y por qué no habría de hacerlo? No había ninguna razón por la que no pudiese ser capaz de manejar aquella situación…

De pronto llamaron a la puerta, y los dos se separaron al instante. La secretaria de Val asomó la cabeza.

–Ah, hola señorita Corbin; no sabía que estaba aquí –saludó a Sabrina al verla–. Perdone que les moleste, señor LeBlanc, pero es que el señor Bruner me ha pedido que le preguntara si podría cambiarse de fecha la reunión sobre la filial de Nueva Inglaterra. Va a estar fuera toda la semana que viene, y el único hueco que tiene usted en su agenda es hoy. No sé si le viene mal que…

–No, ahora mismo tengo tiempo. Convoque esa reunión en la sala de juntas; enseguida voy para allá.

La secretaria asintió y se marchó. Val tomó su móvil para consultar algo en su agenda electrónica.

–Bueno, el deber te llama –dijo Sabrina.

No debería estar deseando que pudieran retomar el beso donde lo habían dejado, ni preguntándose qué no le haría Val el viernes por la noche en su casa, sin interrupciones. No, no iba a ir a esa cena…

–Acompáñame a la reunión –le dijo Val–. Quería haberte hablado antes de ese asunto de la filial de Nueva Inglaterra, pero esto me ha pillado a contramano.

–¿Por qué te preocupa? ¿De qué se trata?

Él sacudió la cabeza con expresión sombría.

–Está perdiendo dinero a raudales. Esta reunión es con Karl Bruner, el vicepresidente de la filial, y su equipo, además de con el director del Departamento Financiero y el director de operaciones. No sé qué se decidirá al final, pero según parece mi hermano ya había aprobado que se tomaran las medidas que fueran necesarias para controlar la situación.

–Adivina qué: tu hermano no está ahora al mando, sino tú. Es a ti a quien te toca decidir –le recordó Sabrina. ¿Cuántas veces iba a tener que explicárselo?

Val esbozó una breve sonrisa.

–Por eso te necesito a mi lado en la reunión, para que me recuerdes que soy yo quien pone las reglas.

–¿Qué dices? ¡No voy a intervenir en medio de una tensa reunión sobre una filial que hace aguas!

–¿Y si yo te lo pido? –le preguntó Val. Una sonrisilla se dibujó en sus labios–. Soy yo quien está al mando, ¿no?

–Está bien.

¿Había claudicado demasiado rápido? La verdad era que apenas podía contener su entusiasmo. Sería una oportunidad de oro para ella poder experimentar en vivo y en directo una reunión de ejecutivos. No solía tener la ocasión de ver en acción a su cliente en una reunión para resolver problemas de empresa.

Mientras lo seguía a la sala de juntas, adoptó una expresión lo más profesional posible. Lo cual no era sencillo, teniendo en cuenta que el hombre que iba a presidir la reunión acababa de besarla. Además, se había puesto la chaqueta mientras salían de su despacho, y no, la cosa no mejoró: estaba igual de sexy con chaqueta que sin ella, pensó acalorada.

Eran los primeros. El resto de las personas que iban a tomar parte en la reunión fueron entrando en la sala de juntas, lanzándole miradas curiosas, pero ninguno dijo nada. Todos sabían quién era porque, en contra de lo que ella le había aconsejado, Val había hablado a los otros directivos de sus sesiones de *coaching,* y probablemente suponían por qué le había pedido que asistiera ella también a la reunión.

–Karl –dijo Val, dirigiéndose a un hombre de mediana edad y traje gris plateado–, me has pedido que adelantáramos esta reunión, así que imagino que debe tratarse de algo urgente.

Karl explicó que una cadena de joyerías de la competencia estaba comiéndoles el terreno y que tenían unos planes de expansión de negocio que LeBlanc no podía igualar en Nueva Inglaterra dado que los puntos de venta que tenían ni siquiera les estaban dando beneficios.

Val estaba escuchándolo con los labios apretados. Probablemente estaba siguiendo las explicaciones del señor Bruner sin problemas, pero era evidente, por lo tensos que estaban sus hombros, que no tenía ninguna sugerencia útil que ofrecer para darle la vuelta a la situación.

El director del Departamento Financiero se aclaró la garganta antes de hablar.

–Me sabe mal volver a mencionar esto, pero deberíamos plantearnos el cierre de nuestras tiendas en Nueva Inglaterra.

Karl Bruner unió las manos formando un ángulo con los dedos.

–Esa es la salida fácil. Reducir nuestras pérdidas hará que mejoren las cuentas de LeBlanc, desde luego, pero despedir a tantos empleados de un plumazo dañará nuestra imagen.

–¿Qué estáis diciendo? –intervino Val. Sus ojos se habían oscurecido de repente–. ¿Que cerrar tiendas y dejar a todas esas personas sin trabajo es una opción? –los increpó escupiendo las palabras, como si estuviesen cargadas de veneno.

Los demás se miraron incómodos. Era una estrategia perfectamente legítima en términos empresariales, pero tenía toda la pinta de ser idea de Xavier. De hecho, probablemente había sido su primera opción.

El director del Departamento Financiero asintió.

–Bueno, no sería lo ideal, claro. Habría gastos de indemnización por los despidos, y habría que hacer liquidación en todas las tiendas, pero sobre el papel los números funcionan, y equilibraríamos nuestros resultados anuales.

No podía haber elegido peor sus palabras. Val se levantó y, apoyando las manos en la mesa, le respondió así, mientras paseaba la mirada sobre todos.

–Deja que te dé algunos números, Alvin. Tres: es el número medio de hijos que tienen que alimentar las madres solteras que acuden al banco de alimentos de LBC. Doce: el número de horas que pasan sin comer nada la mayoría de las personas sin hogar. Menos seis grados bajo cero: la temperatura media por la noche en la zona nordeste durante el invierno, que puede hacer que mueras de frío si no tienes un sitio donde dormir. Y cuando te quedas sin trabajo, esos números pueden llegar a ser un reflejo de tu vida.

Los demás parpadearon, aunque Sabrina tenía la sensación de que era porque no se esperaban ese giro en la conversación, y no porque estuvieran conteniendo las lágrimas como ella. Val destilaba pasión al hablar. Se sabía aquellas cifras de memoria porque las vivía, porque le importaba. Su respeto por él aumentó con aquel encendido alegato, pero tomar decisiones empresariales dejándose llevar por el corazón no era lo más acertado. Tenía que calmarse un poco.

Por suerte el director de operaciones debía haber llegado a la conclusión de que no se tomaría ninguna decisión por el momento, porque levantó ambas manos para pedir la atención de todos.

–Es evidente que necesitamos unas cifras más precisas; hablar en términos abstractos no es lo mejor. Así que, Alvin –dijo dirigiéndose al director financiero–, prepara una proyección de en qué situación nos colocaría la liquidación de esas tiendas con respecto al balance anual y volveremos a hablarlo.

–Mi respuesta no cambiará –insistió Val–. Jamás estaré de acuerdo con el cierre de esas tiendas –se cruzó de brazos, como dando a entender que lucharía con uñas y dientes para evitarlo.

Le daba igual lo que dijeran los números. Para él en el otro lado de la balanza estaban sus ideales y, aunque perdiera su herencia, se empeñaría en hacer lo correcto. Esa actitud admirable, tan distinta de la de los hombres a los que solo les movía la ambición, lo hacía aún más atractivo a sus ojos. Val no era como los hombres por los que se había sentido atraída hasta entonces; era mucho mejor que todos ellos.

Capítulo Diez

Val canceló el resto de sus sesiones de *coaching* con Sabrina esa semana para estudiar a fondo las cifras de las joyerías de LeBlanc en Nueva Inglaterra que le había pasado el director del Departamento Financiero. No sabía qué le estaba resultando más pesado: si tener que revisar todos esos informes de contabilidad durante horas o la ausencia de Sabrina.

La verdad era que las cifras eran malísimas; de eso no había duda. Estaba claro que su gestión llevaba bastante tiempo siendo deficiente. En LBC la mayoría de las personas con las que trabajaba eran voluntarios, por lo que raramente había tenido que ocuparse de problemas como tener que despedir a alguien.

¿Cómo tenía Xavier el estómago para hacer esas cosas? Nervios de acero, práctica, una habilidad especial para tomar distancia… Fuera cual fuera su secreto, era algo de lo que él carecía.

Claro que tampoco podía decir que estuviera centrado al cien por cien; no cuando tenía una cita al día siguiente por la noche con Sabrina. Y no, delante de ella no volvería a llamarlo una cita, ni lo había mencionado de nuevo. Eso le daría pie a decirle que no iba a ir, y él ya había reservado esa tarde en su agenda para poder salir pronto de la oficina e ir a comprar lo que necesitaba para preparar la cena.

En ese momento sonó el interfono y se oyó por el altavoz a su secretaria.

–Señor LeBlanc, tiene una visita. Una tal señorita Ness, aunque no tiene cita.

¿Jada Ness? El tono desaprobador de la señora Bryce le arrancó una sonrisa. O iba vestida de un modo escandaloso, o había dicho algo inapropiado. O las dos cosas.

–No importa. Hágala pasar.

¡Qué giro tan interesante...! Prácticamente había dado por perdida la posibilidad de fichar a Jada Ness para LeBlanc después de lo mal que había ido la última vez que habían hablado. Y sin embargo, allí estaba. Y se había presentado sin avisar. Eso lo animó bastante y le devolvió la esperanza.

Poco después entraba en su despacho. Llevaba un vestido corto, con tantas transparencias que apenas podía llamarse vestido, y unos zapatos de tacón de aguja. Era tan hermosa que no era de extrañar que allá donde fuese se convirtiese en el centro de todas las miradas.

Mientras que Sabrina desprendía calidez bajo su máscara de hielo, Jada le recordaba a una muñeca de porcelana: demasiado falsa para ser real, y demasiado frágil como para tocarla.

–Señorita Ness... –la saludó mientras Jada cerraba la puerta en las narices de su secretaria–. ¿A qué debo el honor?

–Somos amigos –protestó ella en un meloso ronroneo–; puede llamarme Jada. Ya se lo dije.

–Bien, Jada entonces. ¿Acaso ha reconsiderado lo de la subasta?

–Sigue sin gustarme, pero estoy dispuesta a escuchar sus ideas. Me han surgido unos… gastos inesperados, así que estoy abierta a nuevas oportunidades.

Después del desastre de Nueva Inglaterra aquello sonaba prometedor. Val se levantó y rodeó la mesa, mordiéndose la lengua para no decir algo que lo hiciera parecer ansioso por cerrar un trato con ella. Además, gestionar aquello con delicadeza era vital.

–Por favor, venga a sentarse.

La condujo hasta el ventanal, donde había un par de elegantes sillones junto a una mesita baja. Tenía que jugar bien sus cartas.

–Aquí estaremos más cómodos –le dijo con una sonrisa, echándose hacia atrás en su asiento.

Debía hacer que fuera una conversación amistosa. Cuanta menos tensión, mejor. Y tenía que sacarle el mayor jugo posible a sus «gastos inesperados».

Esa mañana Sabrina le había mandado un mensaje para recordarle que Jada podría ser la respuesta a las ventas tan flojas que estaban teniendo en Nueva Inglaterra. ¡Como si él no lo hubiese pensado! El problema era que no podría verlo como una opción a menos que ella cambiara su postura respecto a su exigencia de que se acostara con ella. No estaba dispuesto a ser parte de esa negociación. ¿O quizá debería serlo? La observó pensativo, mientras un plan peligroso y muy poco ético se fraguaba en su mente.

Quizá podría considerarlo… si cambiaba su forma de verlo. Las cosas no tenían por qué ser blancas o negras. Podría hacerle creer que estaba dispuesto a tener relaciones con ella si firmaba un contrato con LeBlanc, pero no tenía por qué llevarlo a término.

Además, él era un ligón nato. Y había montones de

hombres que flirteaban con una mujer aunque no tuviesen intención de acostarse con ella. No era su caso, porque cuando flirteaba con alguna mujer era porque quería llevársela al huerto, y casi siempre lo conseguía, pero con tal de conseguir su herencia estaba dispuesto a cambiar de enfoque.

–Me alegra que haya podido recibirme aunque no hubiera concertado una cita –le dijo ella.

Y al tiempo que pronunciaba esas palabras, se inclinó hacia delante y le acarició el brazo, mandándole un mensaje subliminal de que le agradaría un contacto mucho más íntimo con él. Probablemente a él lo veía como un reto. No tenía la menor duda de que la mayoría de los hombres caían rendidos a sus pies, ni de que siempre conseguía lo que quería. Él era el hombre que le había dicho que no, y había sido como agitar un capote delante de un toro.

–¿Cómo no iba a recibirla? –respondió él con galantería–. Siempre tengo un hueco para las mujeres hermosas que se presentan de forma inesperada. Y ha sido una grata sorpresa que haya venido a verme aunque nuestra última conversación no resultó como yo habría deseado. Gracias por darme otra oportunidad para hablar de las… posibilidades que nos brindaría trabajar juntos.

A Jada no le pasó desapercibido el énfasis que había puesto en la palabra «posibilidades». Su expresión se volvió más cálida al instante, y se inclinó de nuevo hacia él, cruzando las piernas y rozando «accidentalmente» la rodilla de él con la suya al hacerlo.

–Me gusta cómo suena eso. Cuénteme algo más sobre sus ideas para esa subasta.

–Pues sería… un tributo glorioso al talento de la incomparable Jada Ness –dijo Val, haciendo como que materializaba en el aire, con sus manos, un rótulo alargado con esa frase–. Tendría libertad absoluta: diseñe lo que le apetezca. Nosotros nos haríamos cargo de todos los gastos de transporte y exhibiríamos sus piezas en varias de nuestras joyerías antes de la subasta. Y por supuesto sería algo exclusivo, íntimo. De hecho creo que nuestras joyerías de Nueva Inglaterra serían el sitio ideal, porque atraería a la gente de dinero de Boston y Nueva York.

Jada asintió y mientras lo sopesaba se puso a mover la pierna que tenía apoyada en la otra. Aquello hizo que se le subiera un poco la falda del vestido, y Val dudaba que fuera algo accidental. Más bien todo lo contrario.

Cuando añadió la idea que se le había ocurrido de que confeccionara un número importante de unidades de esas piezas exclusivas de joyería, Jada arrugó la nariz.

–¿Que produzca en serie mis diseños? Jamás haría algo así. Mis piezas son únicas.

–Desde luego –intervino él–. Igual que usted. Lo que quiero decir es que podría diseñar algunas específicamente con esa idea. No les dedique demasiada energía; la justa para imprimirle su sello inconfundible y que se vendan bien.

Ella asintió pensativa.

–Bueno, no me parecería mal, siempre y cuando el precio de venta sea lo bastante alto como para que los compradores sean de un poder adquisitivo elevado. No quiero que el populacho vaya por ahí luciendo mis diseños.

Val reprimió un gruñido de frustración. La idea de producir a gran escala era, precisamente, bajar los precios bajos para vender más y… Vaya, parecía que había absorbido más sobre los negocios de su padre y de su hermano de lo que había pensado. O tal vez lo llevara en la sangre, después de todo. El pensar que cualquiera de las dos cosas pudiera ser cierta lo repugnaba.

Aquella mujer tenía demasiadas exigencias, pero de acuerdo con todas sus fuentes ficharla merecía la pena. Sus joyas adornaban a las actrices de Hollywood en la alfombra roja de los Oscar, y figuraban con regularidad en las revistas de moda femeninas más importantes. Sí, LeBlanc conseguiría una exposición mucho mayor ante el público y los medios si se asociara al nombre de Jada Ness.

–¿Sabe qué? Deberíamos discutir esto tomando una copa –le dijo Val guiñándole un ojo–. El sábado por la noche. Si está libre, claro…

–Mi agenda acaba de quedarse vacía por arte de magia –murmuró ella.

Le tendió la mano, Val la tomó y le besó los nudillos.

–Le enviaré un borrador del contrato con todo lo que hemos hablado. Y, si la satisface, podría traerme una copia firmada el sábado, cuando nos veamos.

Y el contrato la satisfaría. Se aseguraría de que así fuera para tener ese contrato firmado en su mano antes de que se hubiesen acabado esa copa a la que la iba a invitar. Y si eso no pasaba, tenía el plan B. Lo único que tenía que hacer era hacer de tripas corazón, comportarse como lo haría su hermano y ejecutar ese plan desalmado e insensible… Y luego tendría que hallar el modo de no pensar en que decepcionaría a Sabrina si se enterara de lo que iba a hacer.

***

A Val el mal sabor de boca tras el encuentro con Jada Ness le duró hasta el viernes. Esa noche solo esperaba no tener que obrar un milagro para conseguir que Sabrina fuera a su casa. ¿Por qué no podía aceptar su invitación a cenar sin lanzarle un centenar de razones en contra de algo tan sencillo y natural como un pequeño romance? Era exasperante, desconcertante… aunque también estimulante.

Tenía dos horas para preparar la cena antes de salir para ir a recoger a Sabrina, así que se puso manos a la obra. La salsa de los espaguetis tenía que hervir a fuego lento casi una hora, el mismo tiempo que tenía que estar en el horno la tarta de queso. Encendió la minicadena para tener música de fondo y se fue relajando mientras cocinaba y tarareaba una canción de One Republic.

Y cuando, dos horas después, llegó a casa de Sabrina y ella le abrió con un vestido negro de seda muy corto, se olvidó por completo de Jada Ness.

–Vaya… –murmuró mientras devoraba con los ojos la esbelta figura de Sabrina.

No había imaginado lo impaciente que se sentiría por volver a verla tras unos días sin sus sesiones de *coaching*.

–¿Qué estás haciendo aquí? –inquirió ella frunciendo el ceño.

–He venido a recogerte para cenar.

Ni siquiera sabía cómo había logrado articular esa, frase cuando todo el riego sanguíneo se le había concentrado en la entrepierna.

–He quedado con alguien.

–Claro, conmigo.

Sabrina sacudió la cabeza tercamente.

–Nunca te dije que sí. Además, he hecho otros planes. Estoy esperando a… la persona con la que he quedado. Si hubiera sabido que eras tú, ni te habría abierto la puerta.

De modo que se lo iba a poner difícil… Val tenía bastante mal genio cuando lo exasperaban, producto de que siempre dejase que su corazón se impusiese sobre su cabeza, y no pudo evitar que le hirviese la sangre al imaginar a Sabrina teniendo una cita con otro hombre.

–Cancela esa cita. Sean cuales sean tus planes, seguro que no pueden compararse con lo que yo te tengo preparado.

–Los planes que tenga no son asunto tuyo –le informó con brusquedad.

Y luego se puso a mirar el móvil con altivez, como para dejarle claro que la persona a la que estaba esperando aparecería en cualquier momento. Lo que no sabía era que cuando él quería algo, no se daba tan fácilmente por vencido…

–Pues parece que ese hombre al que esperas llega tarde. Te ofrezco un trato: dale plantón y ven a cenar conmigo –le propuso señalando su coche con un movimiento de cabeza–; y si dentro de una hora crees que no está siendo la mejor velada de tu vida, yo mismo lo llamaré y me disculparé con él. Y luego te dejaré donde quieras, aunque sea en la casa de ese tipo.

Sabía que era una proposición arriesgada. Sabrina podría decir que había detestado cada minuto de la velada solo para fastidiarle, pero no creía que fuera a hacerlo, no con esa expresión intrigada con que estaba mirándolo. Estaba dudando; podía sentirlo.

–Venga, Sabrina –insistió suavemente–, te he hecho tarta de queso. Es tan cremosa que se derrite en la boca. Solo quiero que cenes conmigo; eso es todo. No hay ningún fin oscuro de por medio.

–¿Ya has preparado la cena? –inquirió ella, sorprendida–. ¿Tan seguro estabas de que iba a ir?

Val se encogió de hombros.

–Lo que tenía claro era que iba a hacer todo lo que estuviera en mi mano para convencerte de que vinieras. Quería demostrarte que sé cómo cortejar a una dama. Ese tipo con el que has quedado, en cambio, no parece que esté a la altura. Pero bueno, peor para él.

El largo silencio de ella le estaba poniendo nervioso.

–Hecho –respondió de repente. Val casi se cayó de espaldas–. Cancelaré mi cita. Pero este vestido no me parece apropiado para ir a cenar a tu casa. Me cambiaré …

–¡No! –exclamó él. Tal vez hubiese sonado un poco vehemente. En fin… –. Ese vestido es perfecto. Estás espectacular.

Sus mejillas se tiñeron de rubor por el cumplido, y frunció los labios, insegura.

–¿Seguro que no voy demasiado arreglada?

A Val le estaba costando mirarla a los ojos e impedir que estos se desviaran a lo que dejaba entrever el escote en uve del vestido. Era tremendamente sexy, y nada le gustaría más que quitárselo.

–Por supuesto que no –masculló con voz ronca–. No te cambies –le dijo con firmeza.

–Está bien –claudicó ella esbozando una sonrisa que lo dejó sin aliento.

–Estupendo. Pues vámonos.

Le ofreció su brazo y le dio tanta alegría cuando Sabrina se agarró de él, que le costó no ponerse a hacer allí mismo, en su porche, el baile de la victoria. Y una vez se hubieron subido a su todoterreno, se puso en marcha antes de que pudiera cambiar de opinión.

–¿No vas a mandarle un mensaje a ese tipo para cancelar la cita? –le preguntó a Sabrina. Ella lo miró con los ojos entornados–. Aunque sea mi rival, me da pena pensar que llegue y se quede esperando en el porche hasta darse cuenta de que le has dado plantón.

–Tengo algo que confesarte –dijo ella divertida–: con quien había quedado era con una amiga. Y mientras estabas intentando convencerme para que me fuera contigo, me llegó un mensaje suyo. No ha podido venir porque tenía que hacer horas extra en la oficina.

–Ah. Supongo que entonces ya no tendrás en cuenta el trato que te propuse hace un rato.

–Tengo que admitir que me pareció muy imaginativo.

–¿Por eso aceptaste?

–No, acepté porque no recuerdo cuándo fue la última vez que un hombre se esforzó tanto para conseguir una cita conmigo –le explicó ella–. Soy humana –añadió encogiéndose de hombros–. Me gusta sentirme especial.

–Lo eres –murmuró él.

Y no lo decía por camelársela, sino porque era la verdad. Él tampoco recordaba la última vez que se había tomado tantas molestias por una mujer. Normalmente eran las mujeres quienes le tiraban los tejos a él, como Jada, y hasta podía escoger.

–Me gusta tu casa –le dijo Sabrina alzando la vista hacia la fachada cuando se bajaron del coche–. Esperaba algo un poco más moderno, pero va con tu estilo.

Val subió también la mirada. La casa tenía cerca de cien años, y la había recibido de su madre al cumplir los veinticinco años. No se tardaba mucho en llegar al centro, y le gustaba lo tranquila que era la zona.

–Sí que va conmigo –asintió él, abriendo la puerta y haciéndose a un lado para que Sabrina pasara–. Ha pertenecido a la familia de mi madre desde que se construyó. Es una casa con mucha historia, y es algo que con los años he aprendido a valorar.

–¿Como qué? Cuéntame.

Val la condujo a la cocina, y Sabrina se sentó en uno de los taburetes de la isleta con encimera de granito. Del techo colgaban cacerolas y sartenes de cobre que, a diferencia de la mayoría de la gente, que solo las tenían para decorar, él sí que las usaba para cocinar.

Val se encogió de hombros y rodeó la isleta para encender la vitrocerámica y calentar la salsa.

–Mi madre se crio en esta casa –le explicó mientras la removía con una cuchara de madera–. Constantemente descubro cosas que imagino que ella también debió disfrutar en su momento, como la sombra que dan los robles que bordean la propiedad. Y el otro día me encontré, escondido en el ático, un libro con su nombre garabateado en la primera página.

–Vaya… No es lo que esperaba.

Val giró la cabeza y una breve sonrisa afloró a sus labios.

–¿Y qué es lo que esperabas?

Capítulo Once

–No esperaba nada –le espetó. ¿Parecería tan a la defensiva como su tono le había sonado a ella?–. Hace treinta minutos pensaba que iba a irme de copas con una amiga y de repente… ¡bum!, apareciste tú, y por eso estoy aquí.

–No cambies de tema. No es la primera vez que me dices que no soy como esperabas.

Aunque los separaba la isleta, el modo en que estaba mirándola por encima del hombro hizo a Sabrina estremecerse de deseo por dentro.

–No sé, es que… me esperaba un piso de soltero, supongo. Y nunca me habría imaginado que fueses de los que se fijan en cosas como árboles o libros.

Val apagó la vitrocerámica, se giró hacia ella y apoyó ambas manos en la encimera de la isleta.

–Mi madre y yo trabajamos juntos en LeBlanc Charities durante casi quince años hasta que se jubiló. Hay un vínculo muy fuerte entre nosotros, y es una persona muy importante para mí.

Sabrina lo miraba fascinada.

–Estoy empezando a hacerme una pequeña idea de por qué estás tan seguro de que no eres como los hombres con los que he salido hasta ahora.

El solo aroma a tomate, ajo y albahaca que flotaba en el ambiente era prueba más que suficiente de que no lo era; ningún hombre le había cocinado nunca nada.

–¿Solo una pequeña idea? –la picó él con una amplia sonrisa que le arrancó otra a ella.

–Bueno, ten en cuenta que tienes bastantes cosas en común con el último tipo con el que salí –apuntó ella–. Es normal que esté algo confundida.

Parecía que había metido la pata, porque los ojos de Val relampaguearon.

–No tengo nada en común con mi hermano. Puede que compartamos el apellido, pero eso es todo.

Bueno, eso y que eran gemelos, añadió ella para sus adentros. Claro que ella misma había dejado de pensar que se parecían. A pesar de que sus facciones eran idénticas, para ella no podían ser más distintos. Xavier se parecía a los diamantes que vendía LeBlanc: era brillante, duro e indestructible. Val, en cambio, era más como un volcán, con tanto fuego y tanta presión en su interior que su pasión se desbordaba.

–Me he expresado mal –admitió–. Eres único en tu especie. Seguro que Xavier ni siquiera sabe freír un huevo. Por cierto, ¿qué me has preparado?

–Espaguetis –respondió él, deslizando una mirada hambrienta por sus hombros y el escote de su vestido–. La cocina italiana era tu preferida, ¿no?

–No sé si yo diría que es mi preferida. Me gusta, pero no creo que me guste por encima de todas las demás.

Él resopló.

–Siempre igual. No muestras pasión por nada. Alguna cosa habrá que te apasione, ¿no?

–Pues… no sé. Por mi trabajo: quiero ser una *coach* de éxito.

–Pero eso no es algo que te provoque deseo –replicó él–. Ni que pueda devolverte esa pasión, ni alimentarla. Deja de reprimirte. ¿Qué es lo que de verdad te entusiasma? ¿Qué ansías hasta el punto de que harías lo que fuera para conseguirlo?

«A ti…». Esas palabras acudieron a su mente con tal vehemencia que estuvo a punto de decirlas en voz alta. Pero no era cierto del todo. Sí, a veces la sacaba de quicio y no podía dejar de pensar en lo bien que besaba, pero eso no significaba que se muriese por él.

–No me estoy reprimiendo. Lo que pasa es que yo no soy así.

Él enarcó las cejas.

–Todo el mundo es así. Tu problema es que has sufrido demasiadas decepciones a lo largo de tu vida. El fuego que uno lleva dentro debe ser avivado con frecuencia pero, cada vez que tú lo has intentado, alguien lo ha sofocado.

–Eso no es… –comenzó a protestar ella. Pero no pudo acabar la frase porque de pronto sentía una horrible tirantez en el pecho. ¿A qué venía todo aquello? Pensaba que la había llevado allí para intentar seducirla, no para someterla a un interrogatorio psicológico–. Estábamos hablando de espaguetis; no sé cómo esto ha derivado en una conversación tan profunda.

De pronto Val rodeó la isleta y giró su taburete hacia él para que lo mirara a al cara. Ella, que se había quedado sin aliento, lo miró, parpadeando aturdida.

–Levántate, Sabrina… –murmuró Val con voz acariciadora.

–¿Qué? ¿Para qué?

–Porque vas a besarme, y querrás hacerlo de pie, te lo aseguro.

Ella resopló, fingiéndose divertida, y cruzó los brazos sobre el pecho, repentinamente trémulo.

–¿Quién ha dicho que vaya a besarte?

–Yo –respondió él. Su proximidad la abrumaba–. Porque sabes que tengo razón. Sabes que hay algo que se revuelve impaciente en tu interior y que ansías dejarlo libre. Es lo que voy a hacer, liberarlo, y es lo que tú quieres que haga.

Sabrina se estremeció. Sí que había pasión en ella, y sí, se agitaba en su interior un deseo que hasta entonces había permanecido insatisfecho porque los hombres con los que había estado jamás habrían podido darle lo que ella anhelaba. ¿Cómo había adivinado Val todas esas cosas acerca de ella?

O quizá fuera culpa suya, quizá le había dado demasiada información sobre lo mucho que le costaba confiar, especialmente en una relación, y él solo estaba sacando provecho de lo que le había contado.

–Digamos que lo hago, que te beso –sugirió–. ¿Y luego qué?

En los labios de Val se dibujó una sonrisa lobuna, y sus ojos irradiaba un deseo descarnado. Sabrina no podía apartar la vista.

–Eso depende solo de ti –le dijo–. Puedo ofrecerte una cena deliciosa, o podrías pedirme que te desnude aquí mismo y que te lleve al éxtasis una y otra vez. Tú decides.

–Y supongo que sobresales en las dos cosas, en la cocina y en el sexo –apuntó ella.

–Daba por hecho que eso se sobreentendía.

No debería parecerle sexy la confianza que tenía en sí mismo. Y la sonrisa pícara en sus labios no debería haberla hecho a ella sonreír también. No, no debería estar sonriendo, ni pensando en levantarse.

Y, aun así, se levantó. Val no se movió. Ni siquiera cuando ella se acercó a él, pegándose a su cuerpo. La sensación era tan deliciosa, que no pudo evitar apretarse aún más contra él.

–Sí que tengo una fantasía –dijo, sorprendiéndose a sí misma con esa confesión tan descarada.

Los brazos de Val la rodearon, y al sentir sus firmes manos acariciándola, un cosquilleo de placer la recorrió. Su olor a hombre, tan intenso, tan embriagador, la envolvió. ¿Qué tenía que conseguía hacerle olvidar todas sus normas?

–¿Cuál? –inquirió él en un murmullo–. Cuéntamela. Quiero saberlo todo.

–Pues tiene que ver con… esta encimera… –le dijo Sabrina, señalando la isleta con la cabeza.

–Es un buen comienzo –murmuró Val con voz ronca, entornando los ojos. La giró, empujándola contra la isleta, y añadió–: Adelante, haz realidad esa fantasía.

¿Lo decía en serio? A Sabrina se le escapó una risita nerviosa.

–Esperaba que fueras tú quien tomara la iniciativa.

–Ya estás otra vez con tus expectativas… Yo ya estoy canalizando mi pasión –murmuró Val, acariciándole atrevidamente las nalgas con ambas manos–. Ahora te toca a ti.

Se suponía que ahora era cuando ella tenía que besarle, liberarse. La sola idea la excitaba, y lo hizo, tomó sus labios, y el deseo la hizo vibrar, arrancándole un gemido ahogado.

El beso se tornó tan ardiente que pronto sintió que había perdido la noción del tiempo. Como el filo de la encimera se le estaba clavando en el hueco de la espalda, se arqueó para aliviar la presión y Val, como si le hubiera leído la mente, la agarró por la cintura para sentarla en la encimera, le levantó la falda y le abrió las piernas para colocarse entre ellas.

–¿Era esto lo que pasaba en tu fantasía? –susurró contra sus labios–. Enséñame qué quieres que te haga.

Sabrina no vaciló en besarlo de nuevo, enroscando su lengua con la de él. Más, quería más… Tomó las manos de Val y las guio, haciendo que subieran por sus muslos, y aún más lejos, hasta llegar a sus senos. Por suerte Val captó la indirecta y los masajeó, abrasándola con sus caricias, al tiempo que frotaba su entrepierna contra su monte de Venus.

–¿Y ahora qué? –le preguntó impaciente.

Sabrina le desabrochó apresuradamente la camisa, la abrió y deslizó las palmas de sus manos por su tórax, deleitándose con el calor y la suavidad de su piel y con sus esculpidos pectorales.

–Val, quiero…

–¿El qué, cariño? Dime qué quieres.

–Quiero… quiero sentir…

Val pareció intuir exactamente lo que necesitaba, porque agarró el vestido por el bajo con ambas manos y se lo sacó por la cabeza con un movimiento decidido. Sus ojos recorrieron su cuerpo desnudo con adoración. Nerviosa y excitada por aquel largo escrutinio, Sabrina, que no podía soportar ni un segundo más la distancia entre ellos, se abalanzó sobre él y lo besó con fruición mientras las manos de Val se deslizaban por su espalda.

Se le escapó un gemido, que sofocaron los labios de Val, y frotó sus senos contra el torso de él hasta que la fricción casi le hizo perder el juicio. Val le puso las manos en los muslos.

–Abre un poco más las piernas –le ordenó en un susurro, y Sabrina obedeció, ofreciéndose a él para lo que quisiera hacer con ella.

No, se suponía que era ella quien tenía que decidir, se recordó, y balbució:

–Quiero que me toques…

Val no se hizo de rogar y las yemas de sus dedos juguetearon con sus pliegues hasta hacerla gritar de placer, y entonces empezó a deslizarlos dentro y fuera de ella, volviéndola loca.

–Déjate llevar –le susurró–. Concéntrate en lo que estás sintiendo…

Una miríada de arroyos de placer fluía por su cuerpo, yendo a confluir en la parte más íntima de su ser, donde los dedos de Val estaban obrando su magia. Las olas de calor que la azotaban se fueron extendiendo hasta llegar a los dedos de sus pies. El último coletazo la dejó sin fuerzas, y se echó hacia atrás con los ojos cerrados, apoyando los codos en la encimera de granito.

–Qué hermosa eres… –murmuró Val, depositando un beso en su clavícula–. Y sexy. Y respondes con tanta intensidad a mis caricias…

–Estoy segura de que buena parte del mérito es de tu pericia –apuntó ella.

Al oír la suave risa de Val abrió los ojos y vio que estaba observándola con una mirada lujuriosa.

–Pues eso ha sido solo el principio. A menos que prefieras que cenemos antes…

En ese momento en lo que menos podía pensar Sabrina era en comer.

–No… Llévame a la cama, Val…

Él la alzó en volandas y la llevó al piso de arriba como si no pesara nada. Cuando entraron en el dormitorio y la dejó en el suelo, Sabrina tiró de él en dirección a la cama, desnudándolo mientras caminaba de espaldas. Lo primero en caer al suelo fue la camisa, luego los pantalones, y cuando estuvo completamente desnudo lo empujó, haciéndolo caer de espaldas en la cama.

Se le hizo la boca agua mientras admiraba su atlética figura. Val sonrió divertido.

–Me imagino que ahora es cuando te pones mandona conmigo.

–Así es. Así que te aconsejo que me obedezcas, o te castigaré.

Eso le hizo reír y, cruzando los brazos sobre el pecho, respondió:

–No sé yo… No te veo capaz.

Por toda respuesta Sabrina se subió a la cama, colocándose a horcajadas sobre él, y le separó los brazos, empujándolos contra el colchón. No sabía por dónde empezar, pero Val debía tener alguna idea, porque flexionó las piernas, arqueó las caderas, y empezó a frotarse contra ella, dejándola sin aliento.

–¿Sí? –la picó él.

–Cállate. Se me ha olvidado lo que estaba diciendo –masculló Sabrina, antes de sucumbir a ese fuego que él había reavivado–. Has creado un monstruo; espero que estés contento.

–Muy contento –respondió Val. Se incorporó y la rodeó con los brazos. Aquella postura era aún peor, porque podía sentir su duro miembro justo en el lugar preciso–. Pero yo no he creado nada; solo he dejado que te liberaras y he recogido los frutos. Los dos ganamos.

Tenía razón. Val le había abierto la puerta a su verdadero yo, y ahora ella podía dar rienda suelta a sus deseos. Formaban mucho mejor equipo de lo que jamás habría pensado.

Capítulo Doce

Con Sabrina desnuda encima de él, sin saber por qué Val había iniciado una conversación. ¿A quién se le ocurría ponerse a hablar en un momento así?

Rodó con ella en sus brazos para tenerla debajo de él, y tomó sus labios con un largo y ardiente beso con lengua. Era como lo había imaginado cada vez que había fantaseado con ese momento. No, era mejor aún.

Sabrina estaba en llamas; su gélida fachada se había disipado por completo. Lo había conseguido; había derretido ese hielo con una cuidadosa seducción, y esa victoria sabía tan dulce como la miel.

Su larga melena color canela, desparramada sobre la colcha, parecía que estaba llamándolo, y hundió sus manos en ella, enredando los mechones en sus dedos. Luego los apartó para besarla en el cuello, y siguió bajando, beso a beso, deleitándose en sus suaves gemidos.

La curva de su cadera se le antojaba tan tentadora que no pudo contenerse y deslizó la lengua por ella antes de acercar la cabeza a su pubis. Le separó los muslos y se inclinó para lamer sus pliegues. Las caderas de Sabrina se despegaron del colchón, acercando aún más su pubis a su boca, y Val la lamió con fruición. Parecía que le gustaba que trazara círculos en torno a su clítoris con pequeños lametones y luego apretaba la lengua entera contra él. Sus gemidos lo alentaban, y empezó a mover la lengua más deprisa hasta que Sabrina se arqueó, presa del clímax.

Val se puso un preservativo y se posicionó a unos milímetros de la cálida entrada de su vagina. Cuando la penetró, lo hizo despacio, saboreando la sensación de plenitud que lo invadía a medida que se hundía más y más en ella.

Sabrina lo observaba, con el cabello revuelto y los ojos casi cerrados. Val comenzó a moverse, abandonándose al placer de estar dentro de ella, mucho más dulce por lo mucho que le había costado derribar sus muros. Hacerle el amor era la guinda del pastel.

Sin embargo, cuando ella comenzó a arquearse en respuesta a cada sacudida de sus caderas, sintió que estaba entrando en un mundo donde no había nada excepto ellos dos, y se vio obligado a corregirse: Sabrina era el pastel entero. Lo llenaba de energía, lo hacía sentirse completo… Aquello era mucho más que sexo…

Empezó a moverse más rápido, en pos del orgasmo, hasta que este le sobrevino, haciéndolo tensarse por completo, y se derrumbó sobre ella. Rodó sobre el costado, llevándose a Sabrina con él, y permanecieron abrazados un buen rato, jadeantes y temblorosos.

–Ahora sí que estoy lista para cenar –anunció Sabrina con un suspiro de satisfacción.

–¿En serio? –Val sonrió divertido–. ¡Y yo que estaba pensando que me quedaría aquí en la cama contigo hasta el fin de los días!

–No digas bobadas –dijo ella incorporándose–. A mí me parece que ha sido mejor que una sesión de entrenamiento. Me siento con tantas energías que sería capaz de salir a correr un maratón.

Val gruñó de un modo muy cómico.

–Tú no eres de este mundo, mujer. Se supone que el sexo te relaja; creía que íbamos a quedarnos dormidos el uno en brazos del otro.

–Es que tengo hambre –replicó ella, bajándose de la cama.

Val la observó soñoliento mientras Sabrina iba a su vestidor y, sin pedirle permiso, abría un cajón tras otro hasta encontrar lo que estaba buscando, una camiseta y unos pantalones de chándal cortos, que se puso antes de ir a sacarlo de la cama y meterle prisa para que se pusiera algo encima él también porque se estaba muriendo de hambre.

Se comieron los espaguetis sentados en dos taburetes junto a la isleta de la cocina, girados el uno hacia el otro con las piernas entrelazadas. Val nunca había visto los ojos de Sabrina brillar como brillaban en ese momento.

–Quédate a pasar el fin de semana conmigo –le dijo impulsivamente.

Sabrina parpadeó.

–Pero es que no me traído nada de ropa.

–Eso no es problema –replicó él–. Te llevaré a casa para que puedas hacer una maleta con lo que necesites.

Ella lo miró vacilante.

–¿No está yendo esto demasiado rápido?

A él no se lo parecía. Bueno, a lo mejor. La verdad era que le daba igual.

–Quedarme implicaría… cosas. Y aún no sé muy bien qué cosas, y necesitaría pensarlo antes de contestarte.

–¿Y qué tal si en vez de analizarlo todo tanto te quedas simplemente porque te apetece? –le propuso Val–. Dormiremos juntos, nos despertaremos juntos, tomaremos juntos el fantástico desayuno que te haré por la mañana… A lo mejor hasta te preparo tortitas –le prometió moviendo las cejas.

Sabrina separó sus piernas de las de él y lo miró a los ojos.

–Val, estoy intentando tener una conversación seria contigo.

–¿Y qué quieres que diga? –le espetó él. Tragó saliva–. ¿Que esto que hay entre nosotros es más fuerte, más profundo de lo que jamás esperé que pudiera llegar a ser? ¿Qué quiero estar contigo cada hora de los siete días de la semana?

Sabrina lo miró aturdida, como si lo que acababa de sugerir fuera demasiado para ella, mientras que a él la voz de su conciencia parecía estar gritándole que diera marcha atrás.

–Pues no –murmuró Sabrina, como con… ¿desagrado?, ¿pánico?

Val nunca había tenido una conversación de ese tipo, ni había sentido la zozobra que lo atenazaba en ese momento.

–Bien, porque no es eso de lo que va esto.

Ella pareció tragarse esa mentira, porque su espalda se relajó. A él, en cambio, su reacción le hizo ponerse tenso. ¿Tan malo era que le hablara de lo que sentía? Aunque en un principio solo hubiera querido seducirla para fastidiar a su hermano, Sabrina había llegado a significar muchísimo más que una mera conquista para él.

–¿Y de qué va entonces? –quiso saber ella.

Era una pregunta razonable. Y no debería ponerle nervioso, pero de repente le daba miedo contestar.

–Montones de sexo –dijo finalmente–. Durante todo el fin de semana. No hemos empezado siquiera a explorar todas las posibilidades que tengo en mente.

Aquella sensual promesa pareció intrigar a Sabrina, y su expresión se suavizó.

–Me gusta la idea.

–Pues entonces está decidido: te llevo a casa y recogemos tus cosas.

Solo mucho después, cuando estaba sentado en su coche, esperando delante de la casa de Sabrina, cayó en la cuenta de que se había olvidado de que al día siguiente por la noche había quedado en ir a tomar una copa con Jada Ness para que le firmara el contrato.

Fue entonces cuando le entró el pánico. ¿Cómo podía habérsele olvidado, sobre todo cuando aquella cita era tan importante para él? Tendría que inventarse alguna excusa y llamarla si no quería que su herencia se fuera al traste.

Y eso no era lo peor; lo peor era que estaba preguntándose si su subconsciente no le habría hecho olvidarse de la cita porque estaba empezando a enamorarse de Sabrina...

Tal y como Val le había prometido, aquel fin de semana acabó siendo un maratón de sexo, y Sabrina ya no sabía si dejarse llevar o volver a sacar el tema de qué se suponía que había entre ellos. La primera vez no había ido muy bien, pero ella solo había pretendido aclarar las cosas. Todo aquello era nuevo para ella. Nunca había estado con un hombre como Val, con un hombre en el que creía que podía confiar. Un hombre con el que podía imaginar una relación duradera.

Solo que Val le había dejado muy claro que no debía esperar de él nada serio. Sexo, eso era lo que quería de ella. Y no era que ella no lo quisiera también, pero… era como si hubiera cosas que no se habían dicho. Claro que sabía que no sería buena idea presionarlo a ese respecto; probablemente la tomaría por una paranoica. No podía acusarle de tener secretos con ella sin parecer tremendamente posesiva… en el mejor de los casos.

Y, aun así, le dio mala espina la inquietud que sintió cuando abandonó la casa de Val el domingo por la noche. Pensó que probablemente las cosas volvieran a la normalidad el lunes por la mañana cuando retomaran su relación laboral.

Pero no fue así. En el instante en que entró en el despacho de Val para la sesión de *coaching* a las siete de la mañana, la arrinconó contra la puerta.

–Hola, preciosa –murmuró, y tomó sus labios con un beso ardiente que pronto se tornó fuera de control.

Las caricias de su lengua enroscándose con la suya estaban haciéndole perder la cordura, y consiguieron que se disipara su zozobra. Respondió al beso con avidez, y su espalda se frotó contra la puerta cuando las hábiles manos de Val se colaron bajo su falda. Sus dedos traviesos se deslizaron dentro de sus braguitas empapadas, y emitió un gemido ahogado cuando se introdujeron entre sus pliegues. A través de sus párpados cerrados veía estallidos de luz, y pronto alcanzó el clímax.

Val no tardó ni medio segundo en desabrocharse los pantalones y ponerse un preservativo. Luego la levantó, y antes de penetrarla buscó sus ojos y no dejó de mirarla mientras la hacía descender sobre su miembro erecto.

Y entonces empezó a moverse. Despacio, tan despacio que Sabrina creyó que iba a volverse loca. Los estaba llevando a nuevas cotas de placer, cada vez más alto, y poco después la llevó a un segundo y espectacular orgasmo.

Él gruñó al alcanzar también el clímax, y apoyó la frente en la suya, tan desmadejado como ella. Finalmente la soltó, la ayudó a ponerse bien la ropa, y poco después se pusieron con el trabajo, aunque no hacía más que lanzarle sonrisas furtivas.

A las ocho y cinco, cuando ya iba a marcharse, Sabrina se acordó de la diseñadora a la que Val había estado intentando fichar para LeBlanc.

–¿Volviste a hablar con Jada Ness? –le preguntó.

Val la miró, pero apartó de inmediato la vista.

–No. Es que tengo que hablar primero con los del Departamento Jurídico para que redacten un contrato que pueda presentarle. Pero gracias por recordármelo.

Sabrina frunció el ceño, extrañada por el titubeo que le pareció advertir en su voz, y escrutó su rostro, pero en él solo vio esa sonrisa que últimamente Val lucía siempre. Sin embargo, no se disipó esa sensación de que se había adentrado en un banco de arenas movedizas.

Pero lo dejó estar. Y era la primera vez que lo hacía. En el pasado, si la asaltaba la más mínima sospecha de que un hombre estaba ocultándole algo, habría puesto tierra de por medio de inmediato. Ni segundas oportunidades, ni explicaciones. No estaba dispuesta a dejar que hicieran trizas su corazón.

A la mañana siguiente Val le dio el mismo recibimiento en la oficina que el día anterior: sexo ardiente, solo que esa vez sobre el escritorio. El jueves descubrió lo estrecho que era su sillón para dos personas, y cómo la falta de espacio podía solventarse con movimientos bastante imaginativos. Y para cuando llegó el fin de semana ya había renunciado a que volvieran a tener una relación estrictamente laboral. Y eso que aún no había saciado su ansia de Val.

Los informes trimestrales de la compañía mostraron una buena evolución en las cuentas que podría atribuirse más a Xavier que a Val, por el poco tiempo que llevaba al frente de LeBlanc, pero el testamento no había especificado nada a ese respecto: un aumento en los beneficios era un aumento en los beneficios. Val lo celebró llevándola a cenar a un restaurante de cinco tenedores y pidiendo el champán más caro de la carta.

Ella, por su parte, había empezado a practicar mentalmente qué le diría si Val le pidiese que se fuera a vivir con él. Estaba enamorándose de él, y la cosa llegaba a tal punto que en los momentos más inesperados se encontraba soñando despierta con Val y, últimamente, le costaba mucho concentrarse. La frustraba enormemente estar tan dispersa. En vez de hacer de *coach* de Val se había convertido en la mujer que se acostaba con él y que ocasionalmente analizaba el día a día con él y le ofrecía consejo sobre alguna situación complicada que se había presentado en la oficina. Y eso no la satisfacía, porque no le gustaba sentir que Val estaba pagándole por un trabajo con el que no estaba cumpliendo. No como debería.

–Tenemos que hablar –le dijo a Val una noche, cuando llegaron a la casa de él.

–Está bien –murmuró él, sosteniéndole la puerta para que entrara–, aunque eso suena inquietante.

Sin embargo, antes de que pudiera explicarle que necesitaba un poco de estabilidad en su vida, le entraron unas arcadas tremendas y tuvo que salir corriendo al baño. Apenas llegó a tiempo a la taza del inodoro, donde vomitó todo lo que tenía en el estómago. Tiró de la cadena, cerró la tapa y se sentó, apoyando la mejilla en la encimera del lavabo. ¿Sería una gastroenteritis? ¿O habría comido algo que le había sentado mal?

Cuando salió del cuarto de baño Val la miró preocupado, pero no dijo nada, sino que la llevó al dormitorio, la hizo meterse en la cama y le llevó un tazón de caldo caliente para que se le asentara el estómago. Mientras se lo tomaba se sentó a su lado y le acarició suavemente el cabello.

–Eso de lo que quieres que hablemos… ¿tiene algo que ver con que hayas vomitado?

Sabrina soltó una risa entrecortada y se encogió de hombros.

–No lo sé, tal vez. Últimamente me encuentro muy cansada, y supongo que por eso he pillado este virus, o lo que sea, porque mis defensas están bajas. Pero sí, quería decirte que me parece que esto se nos está yendo un poco de las manos y que quizá deberíamos bajar el ritmo, evaluar la situación.

Val se quedó callado un buen rato antes de aclararse la garganta y murmurar:

–Creía que ibas a decirme que estabas embarazada.

Una ráfaga de calor brotó en su pecho al tiempo que un escalofrío le recorría la espalda, haciéndola estremecerse. «¡Ay, Dios mío…!».

–¿Qué? No. Si ni siquiera llevamos tanto tiempo acostándonos… Además, siempre hemos usado preservativo…

Solo había habido una vez, en su primer fin de semana juntos, en que se había roto el que Val se había puesto, pero de inmediato se lo había cambiado por otro, y desde entonces habían tenido cuidado.

Val esbozó una breve sonrisa en la que no había mucho humor.

–Pues hasta estaba preparándome mentalmente para oírte decir que el bebé no era mío.

–¡Val! Eso sería horrible. No sé ni qué decir.

Una miríada de emociones se reflejó en sus ojos.

–¿Significa eso que si fuera mío no te importaría haberte quedado embarazada?

–Val, por Dios…

A Sabrina la cabeza le daba vueltas porque en realidad para sus adentros había respondido rotundamente que no, no le habría importado. Podía imaginarse perfectamente al bebé, con el cabello oscuro de su padre y su deslumbrante sonrisa. Pero lo suyo no iba tan en serio… ¿o sí?

–¿Podríamos continuar esta conversación por la mañana? –le pidió–. Es que ahora mismo no me encuentro muy bien y necesito dormir.

–Claro.

Val tomó el tazón de sus manos, lo dejó en la mesilla y le acarició el cabello hasta que se quedó dormida.

O eso dio ella por hecho, porque cuando se despertó aún estaba oscuro y Val estaba a su lado, dormido, con la mano aún enredada en su pelo. Se levantó con cuidado para no despertarlo y fue al baño, aliviada de sentirse un poco mejor que cuando se había echado.

Aunque tal vez no debería haberse acostado tan pronto, porque ahora no tenía nada de sueño. Salió del baño y se fue con el móvil a la cocina. Mientras se tomaba un vaso de zumo revisó sus correos electrónicos. Había una notificación del banco de que LeBlanc ya había abonado la factura de ese mes.

La factura de ese mes… Fue entonces cuando su cerebro empezó a echar cuentas, y volvieron a entrarle sudores al recordar la fecha de la última vez que le habían pagado, que había sido naturalmente hacía un mes, justo en torno al primer fin de semana que Val y ella habían pasado juntos. Ya debería haberle bajado la regla… No, era imposible… Imposible…

Aunque llevaba puestos unos *leggings* y una camiseta vieja, tomó las llaves de su coche, salió de la casa y fue a comprar una prueba de embarazo. Cuando volvió a la casa, se fue derecha al cuarto de baño. Minutos después se sentaba en el suelo, aturdida, con la prueba de embarazo en la mano, y así fue como la encontró Val, que apareció al cabo de un rato.

Cuando se acuclilló a su lado, con expresión grave, ella le mostró el aparato, en el que habían aparecido dos líneas de color rosa y le dijo:

–Parece que sí que vamos a tener esa conversación después de todo.

Capítulo Trece

Sabrina estaba embarazada... Una avalancha de emociones golpeó a Val –esperanza, pánico, alegría, incertidumbre–. Tragó saliva y le preguntó:

–Sabrina... ¿hay alguna posibilidad de que el bebé sea de Xavier?

Ella sacudió la cabeza.

–Jamás nos acostamos.

La esperanza y la alegría se impusieron por goleada, inundando su corazón con una emoción que hizo que se le humedecieran los ojos.

–Eso es... maravilloso –la voz se le quebró, y tuvo que tragar saliva de nuevo.

–¿En serio? –murmuró ella, sin levantar la vista de la prueba de embarazo, que aún tenía entre sus manos–. Yo pensaba que tú no querrías ni a tiros una complicación como esta. Siento tener que forzar las cosas, pero esta es la parte en la que tienes que decirme hacia dónde se supone que va esta relación.

¿Una complicación? Un momento... ¿había pensado que aquello le sentaría mal?

–Sabrina, mírame –dijo poniéndole una mano en la mandíbula para levantarle la cara. Esbozó una sonrisa tierna–. Vamos a ser una familia. Ha sido inesperado, sí, pero vamos a tener este bebé juntos. Somos un equipo; nada ha cambiado.

Se sentía tan bien que de repente era como si todo encajara. Las condiciones del testamento habían sido difíciles, injustas y un desafío para él, pero gracias a aquello Sabrina había llegado a su vida, y era lo mejor que le había pasado.

–Pero si ni siquiera vivimos juntos… –replicó ella, mirándolo contrariada y apoyando la mejilla contra su mano.

Val resopló. ¿Eso era lo que la preocupaba?

–Por favor… Si has estado durmiendo aquí casi cada día… Y la dirección que pone en tu permiso de conducir no es más que una formalidad. Cámbiala y ya está.

–¿Me estás pidiendo que me venga a vivir contigo? –inquirió ella irguiéndose y frunciendo el ceño.

–¡Pues claro que no!; lo que te estoy pidiendo es que te cases conmigo.

Sabrina lo miró boquiabierta y se apartó de él.

–¿Que me case contigo? Val, eso es una locura. Solo llevamos juntos un mes.

–Solo llevamos juntos un mes pero vamos a tener un hijo. Los hechos son los hechos. Y no quiero que mi hijo se críe en otro sitio que no sea aquí, donde yo me crie. Además, puede que esté chapado a la antigua, pero también me gustaría casarme con la que va a ser la madre de mi hijo.

Sabrina apoyó de nuevo la espalda en la pared y se quedó mirando el suelo, como aturdida. Sí, bueno, el cuarto de baño no era el lugar ideal para una propuesta de matrimonio, pensó Val, pero las cosas se habían presentado así. Además, quería decirle cuánto significaba para él, pero Sabrina, con su actitud, no estaba alentándolo precisamente a seguir abriéndole su corazón.

–Piénsalo –le dijo–. Tenemos ocho meses por delante para decidir qué queremos hacer.

Ella asintió, y Val sintió que la tensión que había estado atenazándole el pecho se disipaba un poco.

–Me cuesta imaginarte en una relación seria –dijo Sabrina, girando la cabeza hacia él.

Incómodo, Val apartó la vista y volvió a apoyarse también en la pared. Bueno, sí, nunca había tenido una relación seria. Pero era la primera vez que, en vez de llenarlo de pánico, la idea de atarse a una mujer de por vida le hacía sentirse bien. Y para él eso era una prueba más que suficiente de que sería capaz de comprometerse. Solo tenía que encontrar la manera de convencer a Sabrina de eso.

–También habrá tiempo para ocuparse de eso. Solo te pido que no te cierres a la idea, ¿de acuerdo? –le dijo. Sabrina asintió, y la atrajo hacia sí para darle un largo abrazo y hundir los labios en su pelo–. Todo irá bien, ya lo verás.

El día siguiente iba a ser un día muy ajetreado. Lo primero de todo sería buscar un anillo de compromiso para Sabrina para hacer las cosas bien y pedirle matrimonio de un modo romántico, como se merecía. Claro que antes de eso tenía que intentar concertar una nueva reunión con Jada Ness. Pero eso sí, tendría que dejarle muy claro que había una línea que no iba a traspasar. Se lo debía a Sabrina, y más ahora que iban a casarse y a tener un hijo juntos.

Conseguir que Jada accediera a tener otra reunión con él en LeBlanc fue mucho más difícil de lo que había imaginado. Cuando por fin se dignó a pasarse por las oficinas, entró por la puerta de su despacho envuelta en un halo gélido.

–He decidido perdonarle el plantón del otro día –le anunció pomposa, liándose al cuello una estola de armiño mientras avanzaba hacia su escritorio–. Pero solo por esta vez.

–Es usted muy amable, señorita Ness –dijo él levantándose.

–Jada –le recordó ella en un murmullo antes de sentarse y cruzar las piernas para exhibirlas mejor–. Espero que aún seamos amigos.

–Podemos hacer negocios juntos, pero eso es todo –le dijo Val en un tono firme–. Como verá en el contrato los términos son más generosos de lo que le propuse la primera vez que hablamos –dijo deslizando las hojas grapadas hacia ella–, pero creo que una artista de su talento se lo merece.

–Siempre tan encantador… –murmuró ella. Puso morritos y lo escrutó en silencio–. Pero me parece injusto que rehúse de un modo tan rotundo la idea de que podamos llegar a ser algo más que socios. También tengo talento para otras… cosas. No sabe lo que se pierde.

–Y perderé aún más si no firma el contrato. Me he comprometido hace poco, así que me temo que no podrá haber nada entre nosotros salvo una asociación de negocios beneficiosa para ambas partes.

Jada agarró el contrato y lo metió en su enorme bolso de piel de cocodrilo.

–Es el hombre más escurridizo que he conocido. Estudiaré el contrato, pero no se haga demasiadas ilusiones; todavía albergo la esperanza de que cambiará de idea y hará honor a nuestro acuerdo inicial –dijo levantándose.

Val rodeó la mesa para despedirse de ella, pero cuando le tendió la mano Jada tiró de él. Val, que no se lo esperaba, se tambaleó, y en un acto reflejo la rodeó con los brazos para no perder el equilibrio. Antes de que pudiera apartarse de ella, Jada alargó el cuello con la clara intención de besarle, pero él volvió la cara justo a tiempo. Fue entonces cuando se dio cuenta de que no estaban solos: acababa de abrirse la puerta del despacho y Sabrina estaba allí, blanca como el papel.

–¡Sabrina, espera!

Val había bajado ya cuatro tramos de escalera detrás de ella. Le había dicho bien claro que la dejara en paz, pero no le había hecho caso.

El corazón se le había partido en dos cando había entrado en su despacho y lo había visto con Jada Ness. Había sabido que aquello pasaría, pero que precisamente Val la hubiese traicionado le dolía más de lo que ninguna otra cosa le había dolido hasta entonces.

Al llegar al siguiente rellano se detuvo y se volvió hacia él.

–No quiero escuchar nada de lo que tengas que decir. ¡Apártate de mí!

–No es lo que crees… –replicó él acaloradamente.

Las voces de ambos resonaban en el hueco de la escalera.

Sabrina se rio con incredulidad.

–Por favor… ¿Los tíos os pasáis unos a otros un tarro con excusas o algo así? Cuando necesitáis una,

¿sacáis una tira de papel del tarro y nos soltáis lo que haya escrito en ella?

–No es una excusa…

–Está bien, adelante, di lo que quieras decir. Con tal de que dejes de seguirme… Venga, di que mentira quieres que me crea sobre lo que he visto con mis propios ojos: había una mujer preciosa en tus brazos, y teníais la puerta cerrada. Iba a besarte, y tú apartaste la cara para evitarlo… Dime que pare cuando llegue a la parte en la que no era lo que parecía.

Val frunció el ceño.

–¡Pero es que eso es exactamente lo que pasó! Si sabes que yo no quería besarla, ¿cuál es el problema? Mira, es evidente que estás molesta y…

–¡Estabas con una mujer preciosa en tu despacho con la puerta cerrada! –Sabrina cerró los ojos y resopló mientras se pellizcaba el puente de la nariz, furiosa consigo misma por dejar que aquello la afectara de esa manera–. ¿Y si yo no hubiera entrado? –le espetó volviendo a abrir los ojos y dejando caer la mano–. ¿Habrías sucumbido y la habrías besado? ¿Y la próxima vez?

–¡No! –replicó él–. Y gracias por la confianza, por cierto –añadió con sarcasmo–. Le había pedido que viniera para dejarle bien claro que no estoy interesado en ella. Lo hice por ti.

–Ah, no… Ni se te ocurra escudarte en mí… Llevamos juntos un mes. Has tenido tiempo más que de sobra para dejarle claro que no querías nada con ella –de pronto recordó la inquietud que había sentido otras veces cuando habían hablado de Jada–. Pero en todas estas semanas no lo has hecho, ¿verdad? Le oí mencionar un «acuerdo inicial», y parecía decepcionada. No soy tonta, Val; sé lo que vi. ¿Cuál era el acuerdo inicial?

Cuando vio el atisbo de culpabilidad que asomó a los ojos de Val, Sabrina se sintió como si una flecha le hubiese atravesado el corazón.

–No había ningún acuerdo inicial –le espetó él, sus facciones duras como el granito–. Ella creía que sí, pero yo jamás le dije que estuviera dispuesto a aceptar sus exigencias. No puedo creerme que estés enfadada porque la haya recibido en mi despacho para hablar de negocios, cuando precisamente fuiste tú quien me insistió una y otra vez para que llegara a un acuerdo con ella. ¡Si ni siquiera tendrías que estar aquí!

Esa fue la gota que colmó el vaso. La sangre le hervía en las venas y, si Val seguía hablando, sería capaz de pegarle un puñetazo en la boca, pensó apretando los puños.

–Ah, claro, la culpa es mía… Tienes razón, es todo culpa mía –murmuró con sarcasmo–. Soy demasiado insegura y espero demasiado del hombre que me ha pedido que me case con él. Como que no se comporte como un cerdo, aunque crea que no voy a pillarle. ¿Dices que no puedes creerte que esté enfadada por esto? Eso demuestra que lo nuestro no tiene razón de ser.

Val suspiró, dejó caer los hombros y cerró los ojos un momento.

–No era eso lo que quería decir. Lo siento.

Su disculpa disipó un poco su ira.

–Dime qué es lo que no sé, Val. Necesito que seas sincero conmigo.

–No te he engañado.

–O sea que era Jada la que se estaba engañando a sí misma. Y tú no le habías dado la menor esperanza.

–Exacto. Habíamos quedado en ir a tomar una copa… porque tú me habías insistido para que volviese a hablar con ella, por cierto, y aunque me había dicho que quería algo más de mí, yo solo pretendía que firmara el contrato. Y cuando empezó lo nuestro la llamé para cancelar la cita. No es culpa mía que ella decidiera quemar sus últimos cartuchos. Ni que tú entraras justo en ese momento.

Sabrina sintió un frío repentino en el pecho.

–Estabas dándole falsas esperanzas, haciéndole creer que ella sí te interesaba para que firmara el contrato –murmuró.

Había estado jugando con Jada, y a la vez con ella. Si no a propósito, sí de manera inconsciente.

–Por Dios, Sabrina… –Val resopló, poniendo los brazos en jarras y alzando la vista hacia el techo–. Ya me has sentenciado, ¿no? Es como si hubiera estado esperando esta oportunidad para acusarme de algo imperdonable para poner fin a nuestra relación. Quiero casarme contigo, y se me revuelve el estómago al pensar que algo sobre lo que no tengo ningún control pueda estropearlo todo.

–No andas muy desencaminado. Sí, he estado esperando a que te quitaras la careta y acabas de hacerlo. Una disculpa no va a arreglar las cosas. Para perdonarte tendría que poder confiar en ti, y acabas de demostrarme que no puedo.

Val contrajo el rostro y se metió las manos en los bolsillos.

–Así que todo este tiempo, cuando yo estaba enamorándome de ti, tú has estado buscando una excusa para no confiar en mí.

–Val... –Sabrina sacudió la cabeza, ignorando el tira y afloja en su corazón–. He estado buscando desesperadamente algún motivo para confiar en ti, y de hecho había empezado a confiar en ti. Si no esto nunca habría pasado.

Había quebrantado sus propias normas por él una y otra vez. Probablemente eso era lo que más le costaba digerir. Desde un principio había sabido que no podía confiar en él y, sin embargo, lo había hecho.

–Si de verdad hubieras empezado a confiar en mí, te darías cuenta de que estaba intentando hacer lo correcto por el bien de nuestra relación. Pero ya que no puedes, es evidente que lo nuestro estaba abocado al fracaso desde un principio.

Los ojos azules de Val se ensombrecieron, y Sabrina estuvo a punto de retirar todo lo que había dicho solo por verlos iluminarse de nuevo, por oírle decir otra vez que estaba enamorándose de ella, pero sabía que era inútil. Val tenía toda la razón. Lo más probable era que lo suyo hubiese estado abocado al fracaso desde el principio, solo por las inseguridades que le habían generado las malas experiencias que había tenido con otros hombres.

–Supongo que hiciste lo que de verdad creías que era lo correcto, y ese es el problema –le dijo–. Perdona. Todo esto ha sido un error. No estoy preparada para tener una relación con nadie.

Era ella quien tenía que cargar con su cruz. Val se merecía a alguien mejor.

Capítulo Catorce

–¿Y ya está? –le espetó Val con incredulidad.

Sabrina se había buscado una excusa muy conveniente para zafarse de él al asegurar que toda la culpa era de ella porque era incapaz de tener una relación. Tonterías. Lo que estaba haciendo era escurrir el bulto.

–O sea que no me das otra opción más que dejarte marchar –le dijo.

Sabrina se encogió de hombros.

–Creo que es lo mejor. Ahora ya eres libre para llamar a Jada y conseguir que firme ese contrato por cualquier medio que te sea posible.

Val se esforzó por controlarse. No era el momento de dejarse llevar por sus emociones, o le diría algo de lo que luego se arrepentiría. De hecho, ya había varias cosas que lamentaba, como el haberle confesado que estaba enamorándose de ella. Ella ni siquiera había parpadeado, como si en vez de haberle abierto su corazón le hubiera dicho que había comprado un melón en el supermercado.

Pero para él no había sido nada fácil decírselo. De hecho, era la primera vez que se había declarado a una mujer. Era la primera vez que sentía algo así por alguien. No tenía ni idea de lo duro que era poner tu corazón en bandeja y que la otra persona no mostrara ningún tipo de emoción.

–No quiero llamar a Jada –le dijo irritado–. No quiero nada de ella. Eso es lo más frustrante de todo, que me estás crucificando por algo que ni ha pasado ni va a pasar.

Sabrina asintió.

–Entiendo que lo veas así, pero lo único que intento hacerte comprender es que soy yo la que tiene el problema, no tú, y debería solucionarlo antes de comprometerme con alguien a una relación seria.

Val sacudió la cabeza. No, no era culpa de ella. La culpa era suya por haber dejado que sus emociones interfirieran en la tarea que le había impuesto su padre, por haberse enamorado de la persona que se suponía que simplemente iba a ayudarle con esa tarea.

–Tienes toda la razón. Has evitado un desastre anunciado. Lo nuestro es imposible, y soy yo el que cometí un error al pedirte que te casaras conmigo.

Solo que lo que acababa de decirle era mentira, porque a él no le parecía que lo que sentía por ella fuese un error. Sabrina era lo mejor que le había pasado en la vida. Y lo triste era que estaba obligándole a aprender la lección que había estado intentando enseñarle desde el principio: que no tenía que tener sentimientos. El presidente de una compañía prescindía de un plumazo de quien ya no le servía, separando sus actos de sus emociones, sin remordimientos.

–¿Y ahora qué? –le espetó–. Sigues estando embarazada.

Sabrina se quedó mirándolo un momento antes de contestar.

–No lo sé. Pero todavía tenemos ocho meses para pensarlo.

no lograba concentrarse. Era como leer un árido libro sobre leyes, y deseó tener alguna excusa para arrojar la carpeta entera por la ventana.

En ese momento más que nunca necesitaba de un *coach.* O de un mentor. ¡O de quien fuera! De cualquiera que supiera lo más mínimo de los escollos que debía buscar en aquellos contratos o, cuando menos, lo que había que saber para negociar con el gobierno de Botswana.

Un golpe lo sacó de sus pensamientos, y levantó la vista de los papeles. Una de las fotografías enmarcadas de la estantería del otro extremo de la habitación se había caído al suelo y estaba boca abajo sobre la moqueta.

Se levantó para recogerla, y la examinó cuidadosamente, más que nada para asegurarse de que el cristal no se hubiese roto. Era una fotografía de su hermano con un hombre de color, y los dos sonreían a la cámara mientras sostenían unas grandes tijeras para cortar una cinta roja. Detrás de ellos había una pancarta que decía: «Mina Gwajanca».

Xavier... El testamento no estipulaba que no pudiera pedir ayuda a un experto con aquellos contratos, aunque esa persona fuera su hermano. Volvió a colocar la fotografía en la estantería. ¿La habría empujado una mano fantasmal?

Val llamó a Xavier y le dejó un mensaje de voz en el contestador. Probablemente no solo no le devolvería la llamada, sino que seguro que borraría el mensaje sin escucharlo, pensó. Pero quince minutos más tarde llamaban a la puerta abierta de su despacho, y al levantar la cabeza vio con sorpresa que era Xavier.

–Digamos que estoy empezando a darme cuenta de que en toda historia hay dos versiones. Quiero oír la tuya.

Aunque la sorpresa no se borraba de su rostro, Xavier accedió.

–Marjorie se ha ido –le dijo–. Tal vez podrías ayudarme a encontrar a alguien que la reemplace. No tenía ni idea de que en la práctica casi era Marjorie quien dirigía LBC, y sin ella soy hombre muerto.

Val parpadeó.

–¿Que se ha ido? ¿Pero qué le has hecho para que se vaya?

Dios... Aquello era un desastre... ¿Por qué no lo habría llamado Marjorie a él antes de tomar esa decisión? Xavier debía haber tenido un fuerte encontronazo con ella para que se hubiera dejado LBC de esa manera. Marjorie amaba LBC casi tanto como él; era el pilar de la organización. La llamaría antes de abroncar a Xavier por haber provocado su marcha.

–Es una historia muy larga –dijo Xavier desolado–. Lo siento, ¿de acuerdo? Sé que haberla dejado marchar es algo imperdonable, y soy consciente de que he cometido un montón de errores.

Val asintió. Él tampoco estaba libre de pecado.

–Yo también he metido la pata en alguna cosa –admitió–: me negué a dejar que el director del Departamento Financiero cerrara la filial de Nueva Inglaterra.

Entonces fue Xavier quien lo miró como si quisiera estrangularlo, pero al final tomó ejemplo de él y no le echó en cara lo que había hecho.

–Debió ser un trago difícil para ti –dijo–. Estoy seguro de que la decisión que tomaste fue la que te pareció más acertada en ese momento.

Val no podía creerse que estuvieran teniendo una conversación civilizada y productiva. ¿Podría ser que estuviesen aprendiendo lecciones valiosas gracias a la absurda idea que había tenido su padre?

–Y ahora me he topado con un muro de piedra con estos contratos. Sé que LeBlanc lleva manteniendo una próspera relación de negocios con el gobierno de Botswana durante años, y no quiero fastidiarla. Necesito tu ayuda.

Xavier se inclinó hacia delante y apoyó los codos en la mesa. Mientras que él ahora llevaba traje, como un ejecutivo, su hermano había cambiado ese uniforme por una simple camiseta y unos vaqueros.

–La sola idea de ponerme a mirar contratos casi hace que me entren ganas de llorar de felicidad –le confesó Xavier en un tono de alivio que hizo reír a Val.

Empujó hacia él la carpeta con los contratos.

–Todos tuyos. Por favor, dime qué necesito saber.

Juntos repasaron los contratos. Hacia las siete de la tarde Val hizo un pedido a un restaurante de comida china y mientras comían pollo *kung pao* Xavier le señaló las cláusulas que irían en detrimento de LeBlanc y que los abogados del gobierno de Botswana habían colado en medio de toda aquella verborrea legal.

Val, aprovechando ese momento distendido, no pudo evitar preguntarle algo que había estado rondándole por la cabeza en los últimos días y que necesitaba aclarar con su hermano.

–No había nada serio entre Sabrina y tú, ¿verdad?

Xavier alzó la vista.

–Ya me he enterado de que estás saliendo con ella –contestó–. No pasa nada. Lo nuestro no cuajó, y en cambio a ti parece que te va bien con ella. Además, hace mucho que cortamos.

Por alguna extraña razón Val se sintió bien al saber que no le molestaba.

–Gracias por ayudarme con esto –le dijo–. Y cuando tengas unos cuantos candidatos pasables para el puesto de Marjorie, avísame. Me pasaré por LBC y te ayudaré con las entrevistas, si quieres.

El rostro de Xavier reflejó un inmenso alivio.

–Eso sería estupendo.

Sabrina repasó su currículum de nuevo. Seguía pareciéndole incompleto. No tenía suficiente experiencia para un puesto de directora, ni siquiera de una pequeña compañía de suministros de oficina como Penultimate. Una de sus clientes la había convencido para que les enviara su currículum, asegurándole que con la experiencia que tenía con su negocio de *coaching* era bastante.

Tenía que intentarlo. Ese puesto le daría la experiencia necesaria para un puesto de ejecutivo en una compañía más grande. Dejar atrás a Val hacía dos semanas la había destrozado, y solo el aspirar a algo mejor, a un cambio positivo en su vida, la había ayudado a volver a levantarse.

Iba a tener un hijo, y un seguro de salud era caro para alguien que, como ella, trabajaba por cuenta propia. Por supuesto que Val la ayudaría, pasándole una pensión para la manutención, pero quería estar preparada para cuando llegara el momento. Por fin estaba empezando a tomar las decisiones correctas.

Claro que eso no explicaba por qué contestó el móvil en ese momento a pesar de ver el nombre de Val en la pantalla. Debería haberle colgado, fingir que se le había perdido el teléfono, meterlo en el congelador... lo que fuera.

–Hola –murmuró.

–Hola. No estaba seguro de que fueras a contestar –dijo él.

–No debería haberlo hecho –masculló Sabrina–. Es casi medianoche. Podría haber estado durmiendo.

–Sí, bueno. Es que... estoy delante de tu puerta, en el porche y... bueno, he visto las luces encendidas. Si no, no habría llamado.

¿Val estaba allí? Sabrina se levantó y fue corriendo a abrir. Le entró vergüenza cuando, solo con verlo, se le cortó el aliento. Dios, cómo lo había echado de menos... Los días habían pasado muy deprisa, como si se hubieran volatilizado, pero no se habían disipado su ira ni su dolor.

–¿Qué quieres? –le espetó, aún con el móvil pegado al oído, como una tonta.

Bajó el brazo y se quedó mirando a Val. Tenía un aspecto algo desaliñado. Un mechón le caía sobre el ojo, dándole el aire de un pirata con su parche, no llevaba chaqueta y tenía las mangas dobladas a la mitad del antebrazo.

–A ti; te quiero a ti –le respondió, antes de hincar una rodilla en el suelo y extender su mano.

Cuando vio el anillo que sostenía entre los dedos, a Sabrina se le escapó un gemido ahogado y se llevó la mano a la boca.

–La vez anterior lo hice fatal –se explicó él–, así que empezaré de nuevo: lo primero y más importante de todo, Sabrina, es que te quiero. No sé cómo ni cuándo ocurrió, pero es como si te hubiese querido desde el primer momento en que te vi. Me encanta verte tomar un granizado, y cómo analizas todo lo que digo, y hasta cómo me hiciste saber que lo había fastidiado todo. Porque era la verdad, lo había fastidiado todo. Tenías todo el derecho a estar molesta por lo de Jada. Y aunque entonces no lo entendía, ahora sí lo entiendo. Ahora me doy cuenta de que por las malas experiencias por las que habías pasado necesitabas que tratase con delicadeza algo tan frágil y tan preciado como era la confianza que habías depositado en mí.

–Es un anillo de compromiso… –musitó ella como una boba.

No podía creerse que Valentino LeBlanc estuviese arrodillado frente a ella, pidiéndole de nuevo que se casase con él.

Val asintió, y su mirada se tornó tierna cuando le respondió:

–Mi vida estaba bastante vacía antes de que tú llegaras, y no me había dado cuenta hasta que te perdí. Si pudieras perdonarme, te prometo que pasaré el resto de mi vida compensándotelo. Cásate conmigo. Te seré fiel; eres la única mujer con la que quiero estar.

Sabrina vaciló.

–Eso suena muy bonito, pero…

–Te estoy hablando con el corazón –le aseguró Val. Acarició con el pulgar el anillo y añadió–: He ido a Botswana, como me sugeriste. El presidente apreció tanto el hecho de que fuera allí en persona, que nos ha concedido los derechos de explotación y firmó los contratos en ese mismo momento sin pedir que se cambiara ninguna condición.

–¿Nos?

–Xavier vino conmigo. Estamos ayudándonos el uno al otro; el poder combinado de los hermanos LeBlanc.

–¿Viajaste allí con Xavier?

Pero si odiaba a su hermano…

–Ya iba siendo hora de que creciéramos –respondió Val encogiéndose de hombros–. Hasta ahora había dejado que me dominaran las emociones y me excusaba diciendo que era muy apasionado. Estoy aprendiendo mucho ahora que he dado un paso atrás y estoy prestando atención a los demás en vez de solo a mis propósitos. Solo así me he dado cuenta del daño que te había hecho al sabotear nuestra relación. Creo que Jada se había convertido en era una manera subconsciente de asegurarme de que no pudieras ver en mi interior. Perdóname, cariño. No volverá a pasar nunca más.

El tono humilde de Val la conmovió. No, no debería escucharle… Estaba haciéndole dudar de todo, sobre todo de lo que sabía que era verdad: que Val y ella no estaban hechos el uno para el otro, de que no deberían estar juntos…

De pronto se sentía tan cansada de todos los debería… Se arrodilló frente a él y murmuró:

–Debe dolerte el brazo de sostener ese anillo.

Val sonrió.

–Un poco sí que pesa –bromeó–. Deja que te lo ponga.

Fiel a su forma de ser, no esperó a que ella extendiera su mano, sino que la tomó en la suya y deslizó el anillo en su dedo. Era un anillo precioso, y el diamante que tenía engarzado era todo hielo y fuego.

–Yo mismo extraje ese diamante de nuestra mina en Botswana –le dijo Val–. Con la ayuda de unos mineros muy amables que probablemente aún estarán riéndose de mí.

Sabrina se llevó la mano al corazón y la cubrió con la otra.

–No me lo quitaré jamás.

–Más te vale, porque no hay otro diamante como ese en el mundo. Hice que grabaran nuestros nombres con láser en el reborde cuando estaban tallándolo.

Sabrina lo miró boquiabierta, entre maravillada e incrédula y escudriñó el diamante acercándose el anillo a la cara para intentar ver los nombres, aunque sabía que era una bobada. La inscripción debía ser microscópica. Pero siempre sabría que sus nombres estaban allí grabados.

–¿Y si te hubiera dicho que no?

–No me daría por vencido. Jamás.

Los ojos de Sabrina se llenaron de lágrimas.

–Tengo un montón de defectos; no debería llevar puesto este anillo. ¿Estás seguro de que quieres tener que soportar el resto de tu vida a una mujer que siempre está mirándote con suspicacia, temiéndose que puedas engañarla? No sé si algún día llegaré a perder esa inseguridad del todo.

–Eso no me preocupa. Puedes ponerme a prueba todas las veces que quieras. Solo tengo ojos para ti, y te lo demostraré cada uno de los días de mi vida.

Aunque fuera una locura, Sabrina no pudo decir

más que sí. Sí a Val, sí a pasar el resto de su vida con él, sí a permitirle que le demostrara que siempre le sería fiel. En vez de hacer únicamente que se sintiera segura dentro de una relación, Val le estaba dando la oportunidad de ser valiente, apasionada, de sentir. Y no renunciaría a eso por nada del mundo.

Val la atrajo hacia sí, arrodillados como estaban los dos en el porche, y la besó, murmurándole que la quería entre beso y beso, y ella respondió que también le quería a él con todo su corazón.

Epílogo

Cuando Sabrina se mudó a casa de Val, finalmente se convirtió en el hogar que él siempre había imaginado. Su madre y ella se hicieron buenas amigas enseguida, y juntas organizaron todos los detalles de la boda y prepararon el cuarto del bebé.

Unas semanas después se celebró el enlace, con Sabrina preciosa con su vestido de novia y unos pendientes que él le había regalado y que eran una reliquia familiar. Se casaron en el salón de la mansión LeBlanc y solo invitaron a unos cuantos amigos íntimos y a la familia.

Y Val no sintió la menor vergüenza por ser el primero en derramar una lagrimilla mientras pronunciaba sus votos, aunque Sabrina, tal vez por tener las hormonas revueltas por el embarazo, lo superó con mucho con lo emocionada que se puso cuando llegó su turno, y dejó ver a Val y a todos los asistentes cuánto le amaba.

A Val le encantó verla derrochar tanto sentimiento. Y viendo que el embarazo le sentaba tan bien, no le importaría si tuvieran diecinueve hijos más. Cuando se lo comentó más tarde, Sabrina se rio y le dijo que esperara a que tuviera el primero antes de empezar a pensar en ir a por otro.

A LBC habían ido llegando unos cuantos currículum bastante prometedores para el puesto que Marjorie había dejado vacante, y tres días después de que Val y Sabrina regresaran de su luna de miel en Fiji, Xavier y él comenzaron a entrevistar a los candidatos.

Al final resultó que Marjorie no se había ido por el estilo dictatorial de su hermano, sino por la debilitada salud de su madre, y cuando Val logró hablar con ella por teléfono, se disculpó profusamente por haberse marchado en tan mal momento.

Ahora Val y su hermano hablaban casi todos los días, discutiendo ideas y trabajando juntos para resolver los problemas que les surgían. Sabrina había conseguido el puesto de directora en Penultimate y ahora era ella quien muchas veces le pedía consejo a Val.

Ninguno de los hermanos había alcanzado aún los objetivos que su padre les había marcado en su testamento, pero aún tenían por delante otros tres meses. Val ahora lo veía de un modo muy distinto y cada noche, cuando escuchaba la suave respiración de Sabrina, tendido junto a ella en la cama, se sentía como si ya hubiera ganado. ¿Cómo podría compararse el dinero con tener a su lado al amor de su vida? El valor de amar y ser amado era la auténtica lección que había aprendido con el desafío de su padre.